講談社文庫

七月に流れる花／八月は冷たい城

恩田 陸

講談社

七月に流れる花

目次

序詞

なつかしいという気持ちは
恐ろしいという気持ちに似ている
静かな夕暮れにあなたが一人家路を急ぐとき
あなたは何か大事なことを忘れているような気がする
足を止め振り向いたあなたは
遠い雲とそこから射し込む光におびえる
大事なことはいつも思い出せない
あなたは黄昏《たそがれ》の中でただ一人立ち尽くすだけ

第一章　緑色の配達人

鏡。

和菓子屋さんの、大きな鏡が始まりだった。

楕円形をした、古い木枠のついた鏡。いつもきれいに磨かれていて、外の景色が映っている。薄暗い店のなかでは、まるでそこがぽっかりと開いた窓のよう。

店の奥からお菓子をもってきてもらうのを待つあいだ、彼女はいつも、その鏡のなかの、反転されたゆるやかな坂道を見ていた。

裏返された景色は、見慣れたもののようでいて、似ても似つかぬもののようにも見えた。

実は、世界にはそういうものがたくさんある。そういうものは、似ているもののふりをして、全然違うものだったり、とんでもないものなのに、なんともないような顔をしていたりする。

彼女はまだそのことを知らなかった。

この世は、見た目通りのものとは限らない。

あの鏡のなかに、不気味な緑色の影を見た日から、彼女の長く奇妙な夏が始まったのだ。

＊

ミチルがその影に気付いたのは、一学期の終業式が終わって、どんより曇った昼下がりのことだった。

彼女は週に一度、お母さんがお茶のお稽古に使うお菓子を受け取りに行く。

ふだんはまっすぐ家に帰るのだけれど、その時だけ、家から少し離れた坂の途中にある和菓子屋さんに寄る。

この日、お稽古の日でもないのに、どうして和菓子屋さんに行こうと思ったのか、あとから考えてみたけれど自分でも分からない。なんとなく、せっかく早く学校が終わって明日から夏休みなのに、まっすぐ家に帰るのがもったいないような気がしたからかもしれない。

あるいは、六月初めというはんぱな季節に転校してきて、まだ親しい友人をこしらえることができず（もちろん、クラスのなかではとっくに「仲好し」グループができあがっていて、ミチルが入る隙がなかったのだ）、誰とも口をきかないままぽつんと家に帰るのが嫌だったからかもしれない。

なんでこんな変な時期に引っ越したんだろう。

ミチルは、何度も繰り返した愚痴を、もう一度口のなかで嚙みしめる。

せめて、他の子みたいに新学期の頭に入ってこられればよかったのに。親しくなれそうな子は何人かいたし、ちらちらこっちを見ていたから向こうもあたしに関心があるみたいなのに、互いに遠慮しているうちに、あっというまに終業式。

友達作りは九月までおあずけ。夏休みはずっと一人きりで過ごすことになりそうだった。九月になって、また一からやり直しだと思うと、ミチルは今から憂鬱になった。

雲は低く、目の前の坂を上り切ったら、手が届きそうだ。

風がないので、じっとりと肌が汗ばむ。

ばたばたと引っ越してきたせいで、ろくに近所を歩いてみたことがなかった。坂道と石段と石垣の多いこの静かな町――夏流――かなし、という珍しい名前のこの土地を、ゆっくり探検してみたいと思っていたのも、遠回りして帰る気になった理由かもしれない。

だが、最も大きな理由は、まだここに来てひと月半ということで、終業式なのにほとんど手ぶらだったからだろう。

通常、終業式の日というのは、学校に置きっぱなしにしていたものや、家で洗わなければならないもの、先生から返されてきたやたらとかさばる課題など、両手が持ち帰るものでいっぱいになるものだ。

けれど、この日ミチルが持ち帰ったのは、美術の授業で描いた水彩画が一枚きりだった。

ふと足を止め、丸めて学生カバンに突っ込んでおいた絵を取り出して広げてみた。

それにしても、なんておかしな課題だったことだろう。

ミチルは首をひねる。

夏の人

先生は黒板に大きくそう書いた。そして、にっこり笑って、「さあ、皆さん、夏の人を描きましょう」と言ったのだ。

ミチルはきょとんとした。

夏の人。どういう意味だろう。夏を過ごす人？　それとも、夏に働く人？

ミチルはおずおずと周りの子に目をやったけれど、誰も戸惑っている様子はない。むしろ、すぐさま絵筆を手に取り、先を争うように絵を描き始めたのだ。

ミチルは途方にくれた。

彼女以外のみんなは、机の上にかがみこみ、自分の絵に集中している。しゃっしゃっという筆を走らせる音が、静かな教室に響き渡っている。先生も、みんなが課題に熱心に取り組んでいるのを確認すると、満足したように椅子に座って本をめくり始めた。

ミチルは、とにかく夏らしき風景と人を描くことにした。

ひまわり畑の中に、麦わら帽子をかぶった子供がいるところ。

間違いではないだろう。ひまわりは夏の花だし、麦わら帽子だって夏らしいもの。そう自分に言い聞かせ、ひたすら画面を黄色に塗った。

しかし、ミチルは、しばらくしてふと顔を上げ、周囲をなんとなく見回してぎょっとした。

みんな、同じ絵を描いていたからである。

緑色の人間。

それも、髪が長くて、目がぎょろっとして、男だか女だか分からない人間だった。むろん、描く人によってずいぶんタッチは違ったけれど、共通しているのは、全身緑色に塗り潰されていることだ。髪も、顔も、手も足も緑。誰の絵を見ても、鮮やかな緑色。まるで、同じ人をみんなでスケッチしているみたいだ。

先生が回ってきて、ミチルの絵の前で止まった。

ミチルはぎくっとする。

あたしだけ、こんな黄色い絵。どうしよう。叱られるんだろうか。

「ええと、君は——」

その声は不思議そうだ。

「先生、大木《おおき》さんは、先週転校してきたんです」

少し離れたところから落ち着いた、しかしよく通る声が聞こえてきて、ミチルも先生も思わずその声の主を見た。

きりっとした黒い目が、こちらを見ている。

佐藤《さとう》蘇芳《すおう》。

彼女の名前は、最初に覚えた。学級委員だったたし、校内を案内してくれたのも彼女だったからだ。

けれど、彼女が案内してくれなかったとしても、たぶんやはり最初に彼女の名前を覚えていただろう。

佐藤蘇芳は、クラスに一人か二人いる、何もしなくてもみんなの目を惹きつけてしまうタイプの女の子だった。

物静かでどちらかといえば無口なのに、彼女が先生に当てられると、何を言うのだろうと注目してしまう。何か課題を出されると、彼女ならどうするだろうと一挙一動を見つめてしまう。そんな感じの女の子なのだ。

名前もなんだかすごい、とミチルは思った。

ありふれた名字に変わった名前なのに、バランスが取れてる。

ともかく、先生は「ああ、そうか」と頷《うなず》くと、納得した様子でミチルの脇を通り過ぎてしまった。

ミチルは蘇芳に感謝の意を示そうとしたが、彼女はもう自分の絵に視線を戻してしまっていた。

ねえ、この人って誰？　有名な人なの？

美術の時間が終わり、ミチルが隣の席の子に絵の中を示して尋ねると、彼女は「みどりお――」と言い掛けて、慌てて言い直した。

うん、この辺りの「夏の人」なの。みんな知ってる。

そう早口に言うと、それ以上聞かれることを恐れるかのように、そそくさと席を立って美術室から出ていってしまった。

みどりお、のあとになんという言葉が続くのか分からなかったし、「夏の人」とはなんなのかさっぱり分からなかったが、そんなふうにしてこの絵は出来上がり、今手元に返されてきたというわけなのだ。

ミチルは再び絵を丸め、学生カバンの中に突っ込んだ。

ゆるやかな狭い坂は古い石畳に覆われていて、少しだけカーブしている。そのカーブのところに和菓子屋さんが見えてきた。

ミチルはひょいと中を覗《のぞ》き込んだ。

豆大福や草餅の並んだガラスケースの向こうは無人で、店の中にはひとけがない。もしかすると、奥でお昼ご飯を食べているのかもしれない。

「水ようかん」と毛筆で書かれた半紙が、いつもながらぴかぴかに磨き込まれた入口の引き戸に貼ってある。

つい習慣で、楕円形の大きな鏡の前に立ってしまう。

外の景色が映っているのはいつものことだが、今日は店の外から中の鏡を覗いているので、いつもと立ち位置が少しだけずれていた。そのせいか、坂の景色も、少しだけ奥のほうが視界に入ってくる。

その時、その影に気付いたのだ。

最初、ミチルは、それを生け垣から伸びてはみ出している木かと思った。

なにしろ、その影は濃い緑色をしていて、じっと動かなかったからだ。

その影は、赤いよだれかけを掛けたお地蔵さんの入っている小屋の向こうにいるようだった。

ミチルはしげしげと鏡の中を覗き込み、それが何なのか見極めようとした。

木？　木だよね？　なんだか奇妙な位置に立っているけど――


影が、動いた。


ミチルはぎょっとして、全身が凍り付いたような気がした。

それは、人だった。

その人は、ほんの少しだけ頭を動かし、小屋の陰からちらっとこちらを見たのだ。

どきん、どきん、と心臓の音が身体じゅうに響きだした。

あの時、隣の席の子がなんと言いかけたのか、ミチルは直感的に悟ったのだ。


みどりおとこ。


本当は男なのか女なのか分からないけれど、あそこに今立ってこちらを窺っているのは、みんなが絵に描いた、あの全身緑色の「みどりおとこ」なのだ。ぎょろりとした目が小屋の陰からほんの一瞬のぞいただけなのに、ミチルは鏡のなかで目が合ったような気がして恐ろしくなった。

あの緑色の影は、どうしてあんなところにいるのだろう？　いったい誰を見張っているのだろう？

ミチルは和菓子屋の引き戸に張り付いたまま、背中に流れる冷や汗を感じていた。

もちろん、彼女はその答えを知っていたからだ。

あたしだ。あいつは、あたしのことを見張っているんだ。あいつのことを知らなかった、ひまわりの絵なんか描いていたあたしのことが気に入らなくて、追いかけてきたんだ。

どうしよう。逃げなくては。こういう時に限って、昼下がりの町は眠たげな時間が流れ、猫一匹通りかからないし、誰もいない町のように静まり返っている。

お店に駆け込めばどうだろう？　ここの人はあたしのことを知っているし、気味の悪い人に追いかけられているといえばかくまってくれるはず。

ミチルは引き戸を開けようとした。

が、引き戸はびくともしなかった。いつもはカラカラと軽い音を立てて開くはずの引き戸が。

ミチルは真っ青になった。

そこで初めて、引き戸のところに小さなメモが貼ってあり、「所用のため少し留守にします。二時間ほどで戻ります」と書いてあることに気付いた。

本当に留守なんだ。

文字通り、目の前が真っ暗になる。

視界の隅で何かが動いたので、ミチルはハッとした。

鏡の奥で、そろりと緑色の影が小屋の陰から身体を動かし、道に出てこようとするのが見えた。

出てくる。

ミチルは思わず駆け出した。

最後にちらっと鏡のなかに、駆け出してくる緑色の影を見た。

追いかけてくる！

それから先は無我夢中だった。

坂道を駆け上がり、路地に飛び込み、ひたすらぎざぎざに見知らぬ街角を走り回り、緑色の影から逃れようとした。

それにしても、どうして誰もいないんだろう？

ミチルは、どこまでいっても静かで眠たげな町をいまいましく思った。

交番を探したけれど、住宅街なのでどこにあるのかさっぱり分からない。

みんなどこかに行ってしまったんだろうか？

やみくもに駆け回るうちに、いったい自分がどこにいるのか分からなくなり、すっかり迷ってしまった。家に帰れるだろうか？

緑色の影は、決して足は速くないものの、どういうわけかミチルを見失うことなく追いかけてくる。滑稽な足取りで、スキップでもしているみたいに、ぴょんぴょんと道の上を跳んでくるのだ。

細い路地に飛び込み、今度こそまいただろうと思っても、しばらくするとまたぴょんぴょん飛び跳ねて緑色の姿を現す。

なんて奇妙な人なんだろう。

ミチルはだんだん慣れてきて、追いかけてくるその人物を観察する余裕が出てきた。

髪はうねうねと長く波打っているが、見事な緑色だ。

顔立ちは、西洋人かと思うほど額《ひたい》と頬骨《ほおぼね》と鼻が高い。

目はぎょろっとして、その白目だけが遠くからみても異様に目立つ。

背は高くがっちりとして、それこそヨーロッパの童話に出てくる王子様みたいな、ブルマーを大きくしたような奇妙な服を着ている。

しかし、直感で「みどりおとこ」と命名したものの、やはり男なのか女なのかは分からなかった。もしかすると、大柄な女の人なのかもしれない。

走り疲れて、全身が汗だくだった。どこにいるかも分からないし、このままでは家に帰りつけないのではないか。

頭がもうろうとしてきて、ミチルは全身で息をしながら、よろよろと見知らぬ路地を歩いていた。

ふと、角を曲がると、長い石垣がまっすぐ続いている。

どうやら、町の外れである城跡まで来てしまったようだ。

気配を感じ、ミチルは振り向いた。

路地の奥から、あのふざけたような足取りでやってくる緑色の影が現れる。

向こうは全く疲れた様子も見せず、鼻歌でも歌いそうな軽快な足取りだ。ただ、無表情で瞬きをしないのが不気味である。

ミチルは焦った。

目の前の道はがらんとしたまっすぐな道で、身を隠したり逸れたりする横道が見当たらない。

しまった。こんな見晴らしのいい道に出るんじゃなかった。さっきの路地の途中で曲がればよかった。

後悔してももう遅い。ミチルは再び、よろよろと駆け出した。

が、みるみるうちに後ろから誰かが迫ってくるのを感じる。

ぴょん、ぴょん、と石畳を飛び跳ねる音すら聞こえるような気がした。

深く荒い、獣のような呼吸を耳の後ろに感じたのは気のせいだろうか？


つかまる！


そう思ったとき、目の前にパッと誰かが現れた。

久しぶりに会った誰かは、とても輪郭が濃く、強い目の光がまっすぐに飛びこんできた。


佐藤蘇芳。


「大木さん、どうしたの？」

蘇芳は、いつもどおり落ち着いていたが、ミチルの必死の形相に驚いた様子である。

「佐藤さん、助けて！　緑色のが追いかけてくるの！」

「えっ？」

ミチルは半べそをかきながら蘇芳にしがみついた。今にも、緑色の爪が肩に食い込むのではないかと、ぎゅっと目をつむる。

どうしよう、蘇芳も巻き添えになったら。

「――誰もいないわよ」

蘇芳の落ち着いた声を頭の上に聞き、ミチルは「えっ」と反射的に身体を起こした。

静かな石垣。

昼下がりの、眠たげな城下町。

「そんな」

ミチルはのろのろと周囲を見回した。

そこにいるのは、ミチルと蘇芳の二人きりだった。

あのぴょんぴょん跳ねてついてきた、緑色の影はどこにもない。

犬を連れて散歩するおじいさんや、連れだって歩く小学生がやってきた。

さっきまで人っ子ひとり見なかったのに。

「だいじょうぶ？　大木さん、真っ青な顔してる」

蘇芳が心配そうな顔で、ミチルの顔を覗き込んだ。

「そんな、馬鹿な。ずうっと追いかけられて、ずっと、逃げてきて、誰もいなくって」

訴えようとするが、息切れしていて、言葉にならない。

蘇芳はじっとミチルを観察していた。

信じてくれないんだ。きっと、あたしが何かヘンなこと言ってると思ってるんだ。

ミチルはがっくりきた。

そりゃそうだ。緑色した人間が追いかけてくるなんて、こんなヘンな話、あたしだって、たった今自分が体験したことなのに、信じられない。

「少し歩かない？」

蘇芳は静かにそう言うと、先に立って歩き出した。

ミチルは戸惑いつつも、少し遅れて歩き出す。

蘇芳と並んでゆっくり歩いているうちに、だんだん落ち着いてきた。

ついさっきまで心臓をばくばくいわせて駆け回っていたのが、とても滑稽なことに思えてくる。

ミチルは顔が火照《ほて》るのを感じた。

あー、バカみたい。みっともなかったなあ、あたし。

しどろもどろになった自分の声を思い出すと、恥ずかしくてたまらなくなった。

それにしても、この子って凄いな。

ミチルはちらちらと蘇芳に目をやった。

あたしだったら、あんなふうにロクに知らない子が飛びついてきたら、びびって逃げ出すか、思いっきり引いちゃうのに。

落ち着き払った横顔。

でも、この子は全く表情も変えなかったし、拒絶もしなかった。

「このお城ね、冬のお城って呼ばれてたの」

蘇芳は何もなかったかのように話し始めた。

「冬のお城？」

ミチルは、道に沿うようにしてそびえたつ石垣を見上げた。

残っているのは立派な古い石垣だけ。お城は影も形もない。

「そう。正式な名前は別にあったけど、今世紀に入ってからしばらくして、冬のお城と呼ばれるようになったんだって」

「ふうん。誰が建てたの？」

「さあね。ずーっと昔の、戦国武将らしいけど、覚えてないわ」

蘇芳は小さく肩をすくめた。

「どうして冬のお城っていうの？」

「詳しくは知らない」

蘇芳は石垣の前にある古い石のベンチに腰掛けると、隣に座るよう、目でミチルに合図した。

二人で並んで腰掛ける。

「だけどね、そのお城には、窓がなかったんだって」

「窓？」

窓のないお城。

ミチルは想像してみた。

あれ？　なんか変だ。

「でも、それって変じゃないの？」

ミチルは首をひねった。

「お城っていうのは、もともと戦うためのものなんでしょ。テレビドラマで見たよ。窓から矢を放ったりするところ。窓がなかったら困るんじゃない？」

「そうよね。あたしもそう思う」

蘇芳は同意した。

「でも、あんまり資料が残ってないけど、元々あった窓を潰しちゃったことは本当みたいなの」

「潰した？　窓を？」

「うん。全部ね」

蘇芳はベンチに手を突くと、足を伸ばして爪先をぶらぶらさせた。

窓を潰す。塞《ふさ》ぐ。

それは、ちょっと想像してみただけでも異様な風景だった。

「なんで？」

「さあ。きっと、怖いものが入ってこないようにしたんじゃない？」

「怖いもの？」

「うん。外にものすごく怖いものがいたから、必死で窓を潰したのかも」

ものすごく怖いもの。


ふと、さっきの「みどりおとこ」の姿がパッと目に浮かんだ。

怖かった。

今更ながらに、寒気を感じて、ミチルは小さく身震いした。

なんだってまた、あたしのことを追いかけてきたんだろう？　あそこでこの子に会えて、本当によかった。あのまま一人きりだったら、いったいどうなっていたことやら。

「ん？」

不意に蘇芳が、何かに気付いたように身体をかがめたので、ミチルは我に返る。

「大木さん、それ、何？」

蘇芳が、ミチルのカバンに目を留めた。

「え？　これ？　美術の時間に描いた――」

丸めた画用紙に目をやったとたん、その画用紙の中に、丸めた緑色の封筒が突っ込んであるのに気付いた。

「あれ？　何これ？　いつのまに」

ミチルは慌てて封筒を引っ張り出した。

そこには、ぎこちない筆跡で「大木ミチル様」と名前が書いてある。

「なんだろ、これ」

ミチルは目をぱちくりさせ、混乱したまま蘇芳の顔を見た。

蘇芳はそんなミチルの顔を静かに見つめている。

たっぷり一分間ほど見つめ合ったかと思った頃、蘇芳が口を開いた。

「大木さん、あなた」

彼女は微笑んでいるのだとも、驚いているのだとも、怒っているのだとも取れる、不思議な表情で呟《つぶや》いた。

「――夏のお城に呼ばれたのね」

第二章　夏の城への道

ごとん、と大きく揺れて列車が動きだした。

ミチルは心細げな顔で、ゆっくりと離れていく駅のホームを見送る。

列車は空いていた。

中途半端な時間だし、学校は夏休み。ボックス席は閑散として、ミチルの向かい側では風呂敷包みを抱えたおばあさんがうとうとしている。

外は穏やかに晴れていて、列車は十分も経つと、青く輝く一面の田圃《たんぼ》の中を走っていた。

開け放たれた窓から、稲穂の上を渡ってくる風が車内を吹き抜けていく。

こんなに明るい、夏らしく気持ちのいい午後なのに、ミチルの表情は暗く、困惑しきっていた。

なんなんだろう、夏のお城って。

なんであたしがそんなところに行かなきゃならないんだろう。

同じ疑問がぐるぐると頭の中で回っている。

あの緑色の封筒を受け取ってから、三日しか経っていない。

封筒の力は絶大だった。

お母さんは封筒を見るとさっと顔色を変え、あちこちに電話を掛けていたが、「仕方がないわね」と何度も呟いていた。そう呟くのを聞くたびに、ミチルは胸がどきんとして不安になるのだけれど、お母さんは何も説明してくれなかった。

もっとも、封筒の中身も至ってそっけなく、カードが一枚入っているだけ。

大木ミチル様　あなたは夏流城《かなしろ》での林間学校に参加しなければなりません。

カードに書かれているのはたった一行で、小さな白い紙が挟んであり、それには「七月×日、○時にローカル線の△駅から列車に乗るように。荷物はカバンひとつで、宿題と身の回りのものだけを持参すること」と更にそっけなく書かれているだけだった。

「みどりおとこ」に封筒を押し付けられたあと、蘇芳はミチルを家まで送ってくれた。

家からずいぶん遠くまで来てしまったと思ったのに、城跡から自宅までは実はそんなに遠くなく、ぐるりと町内を巡って家の近くまで戻ってきていたのだと分かった。

夏のお城って、なに？　どこにあるの？　誰が呼ぶの？

ミチルは蘇芳に根掘り葉掘り尋ねたけれど、蘇芳は言葉を選んでいる様子で、なかなかはっきり答えようとしない。

さっきあたしたちがいたところは冬のお城の跡なの。夏のお城は、もっと離れたところにあるわ。

もちろん、ミチルが何を聞きたいのかは蘇芳だって分かっていただろう。夏のお城に招待されることが何を意味するのか、どんなことが行われるのか。ミチルの関心はそこにあるのだ。しかし、その肝心のところが、どうやら、この町では口にしにくいことらしい。美術の時間に、「みどりお」と言いかけてやめた子のことを思い出した。口にしにくい内容ならなおのこと気になるのに、蘇芳はミチルの好奇心を満たしてはくれなかった。

夏のお城には、呼ばれたら、必ず行かなきゃならないの。ここに住む子なら、誰でもね。そう昔から決まっているのよ。


彼女はそう呟くと、じゃあ気を付けて、と手を振って行ってしまった。

そして、結局、何も分からないまま、指定された日がやってきてしまったのだ。

林間学校というからには、他にも行く生徒がいるはずだ。

ミチルはそう考え、駅でそれらしき女の子を探した。

しかし、ミチルのようにうろうろしている人間は見当たらず、誰もが普通に通い慣れた駅を通過しているだけだ。仲間らしき女の子は見当たらなかった。

ミチルはいっそう暗い気分になり、列車にのろのろと乗り込み、ひっそり隅の座席に腰を降ろしたのだった。

えんえんと続く稲穂の海。

風がその上でうねり、青い海の上に波頭の影となって揺れている。

ひとり、なんだなあ。

ミチルはそんなことを思った。

空が青くて、お米が実って、明るい世界の中で、あたしはひとりなんだ。

強い日差しに輝き、揺れる稲穂の海を眺めているうちにうとうとした。

心地よい列車のリズム。

短い夢を見た。

ミチルは、和菓子屋の鏡の前に立っていた。

鏡の中に、自分の顔が映っている。

しかし、ミチルは、その鏡が窓であることを知っていた。鏡だけれど、窓なのだ。

その向こうに誰かがいて、ミチルと鏡を挟んで同じ位置に立ち、鏡越しに目を合わせている。その誰かも、こちら側にミチルがいることに気が付いているのだ。

どうすればいい。

夢の中で、ミチルは焦っていた。向こう側の誰かに、ミチルのことを知らせるにはどうすればいいのだろう。

どうすれば——どうすれば——

ミチルは口のなかでもごもご呟いていた。

がたん、と大きな音を立てて、列車が止まった。

ミチルは身体がかくんとつんのめったので、ハッとして目を覚ました。

どこの駅かと慌てて窓の外を見たが、駅の看板どころか、ホームがない。

信号待ちかしら、と思ったけれど、そうでもなさそうだ。

じっとアナウンスを待っていたが、アナウンスの気配もなかった。

突然、ガーッ、と耳ざわりな音を立てて扉が開いた。

えっ、と思い、反射的に腰を浮かせる。

扉の向こうは、青い稲穂の海だ。やはり、どこにもホームはなく、何もない田圃のど真ん中に、列車は停車しているのだった。

なんでこんなところに止まるんだろう。

なんで扉を開けたんだろう。

ミチルは腰を上げ、扉のところに立った。地面からは結構高さがある。

車内はとても静かで、乗客たちは誰もが止まったことに気付かぬ様子で居眠りをしていた。

ふと、ミチルは、田圃の向こうから誰かがやってくることに気付いた。

背の高い、緑色の影。


あれは。


ミチルは動揺した。

あの「みどりおとこ」が、なぜか小さな旗を持ってこちらに向かってやってくるのだ。

隠れるべきだろうか。

ミチルは迷った。

「みどりおとこ」は例によって、瞬きもせず、大きな眼をぎょろりとさせ、無表情でこちらに向かってくる。さすがにスキップではなかったが、のしのしと、肩をいからせ、偉そうにしている。

揺れる稲穂のあいだをやってくる彼（なのか彼女なのかは分からないが）は、なぜかその時、まさしく「夏の人」という感じがした。

田圃の向こうから夏の人がきて、夏の城にあたしたちを連れていくのだ。

そう思ったとき、とん、と離れたところで音がした。

目をやると、小さなボストンバッグを、誰かが地面に放り投げたのだった。

そして、そのバッグの持ち主であろう人物が、パッと地面に飛び降りたのだ。

ミチルは驚いた。

それは、佐藤蘇芳だった。

麦わら帽子をかぶり、青いワンピースを着た蘇芳が、落ち着いた手つきでボストンバッグを拾い上げ、帽子を直し、田圃に向かって歩き出したのだ。

それが合図になったかのように、他にもぱらぱらと荷物が地面に放り出された。

三人、四人。

次々と女の子が列車から飛び降り、荷物を拾い上げ、歩き出す。

ひょっとして、あの子たち、あたしと同じように。

ふと、ミチルは強い視線を感じた。

顔を上げると、「みどりおとこ」が少し離れたところにいて、じっとミチルを見つめているのだった。

ミチルは動けなくなった。蛇に睨まれたカエルみたいだ。

「みどりおとこ」は小さくぱたぱたと旗を振ると、こっちにおいで、というようにくいっと顎を動かした。

反射的に、ミチルもカバンを放り投げていた。

下のほうで、ばふん、と音を立ててカバンが地面に落ちる。

結構高さがあるんだな、というのと、もう後戻りはできない、というふたつの感想が同時に頭に湧いた。

次の瞬間、ミチルは列車から飛び降りていた。勢い余って尻餅をついてしまう。

いたた、と顔をしかめていると、視界の隅で人影が動いているのに気付く。

既に「みどりおとこ」は旗を掲げ、背を向けて歩き出していた。

後ろに、五人の女の子が続いている。先頭は蘇芳だ。

痛さも忘れて、ミチルは慌てて立ち上がった。お尻をはたき、カバンを拾って歩き出す。

背中で、シューッ、と音がして、列車の扉が閉まるのが分かった。

振り返ると、列車がゆっくりと動き出していた。何もなかったかのように、ごとんごとんと走っていく。

あたしたちを下ろすために止まったんだ。


遠ざかる列車をぼんやり眺めていたが、「みどりおとこ」の列が離れているのに気付いて、小走りに後を追った。

田圃の中の、小さな畦道《あぜみち》を列は進んでいた。

先頭に旗を掲げて進んでいく少女たちの列は、何かのチームのようだ。

ミチルは必死に後を追ったが、なかなか列は近づいてこない。

小さな列は、田圃の中を縫うように進み、小高い丘の上の、こんもりした雑木林に近づいていった。

ようやく、いちばん後ろの、赤いギンガムチェックのワンピースの女の子の背中が近づいてくる。

列は、雑木林の中に入っていった。

突然、暗くなって、一瞬周りが見えなくなった。

こんもりと繁る木々の梢《こずえ》から、蟬《せみ》しぐれが降り注ぎ、湿った空気が身体を包む。

林の中は涼しかった。

少女たちの肩や髪にチラチラと光が水玉模様を作っている。

うるさいくらいの蟬しぐれを浴びながら、列は進んでいく。

五分も歩くと、入ったときと同じように、唐突に林を抜けた。

これまでの暗がりが嘘のような、明るい夏の世界である。

青空にぽっかりと浮かぶ、白い入道雲の峰が眩《まぶ》しい。

そこは、驚いたことに川べりだった。雑木林のある丘の向こう側からは見えなかったのだ。

川の水はゆったりと流れ、かなり水量は多かった。流れが遅いためか、深い碧色《みどり》をしていて、底は見えない。

幅も広い。二、三十メートル近くあるのではないか。

反対側の岸が、ぼうっと霞んでいた。

その向こうに、濃い緑色の山が見える。

列は整然と岸辺に下りてゆく。

見ると、小さな船着場があって、古いボートがあった。

「みどりおとこ」はずんずんとボートに乗り込み、少女たちがあとに続いた。

向かい合うように六人が座ると、「みどりおとこ」は二本のオールをつかんで力強く川のなかに漕ぎ出した。

水面がきらきら光っていて、とても眩しく、目を開けていられないほどだった。

けれど、ミチルは目をしょぼしょぼさせながらも、他の少女たちを観察した。

蘇芳はいつものように落ち着きはらって座っており、表情も変わらない。

ミチルのほうを見ようともしないし、他の女の子にも視線を向けない。

蘇芳の隣には、ひょろっとしたのっぽの女の子が座っていた。ショートカットが似合っていて、どこか怜悧《れいり》な印象を与える子だ。

その隣にいるのは、おとなしそうな、茶色っぽい髪をおさげに結った色白の女の子。その子の向かい側に座っているのがミチルだ。

そして、ミチルの隣にいるのはおかっぱ頭で眼鏡をかけた、真面目そうな女の子だった。その隣の子も眼鏡をかけていて、髪が長いということは分かったけれど、さすがにじろじろ見るわけにはいかなかったので、顔はよく見ていない。

どの子も足元を見つめ、どちらかといえば暗い表情をしていた。

やはり、楽しい林間学校という雰囲気ではない。仲間がいたことに安堵《あんど》したものの、仲間の女の子たちが、これが楽しいイベントだと思っていないのは明らかだった。

それにしても、佐藤蘇芳がいるとは。

ミチルは蘇芳の顔をそっと盗み見る。

このあいだ、そんなそぶりは全く見せていなかったではないか。自分も行くのなら、「あたしも行くのよ」と言うのが普通ではないか。どうせ、こうして当日になれば分かるのだから。

いや、待てよ、とミチルは考え直した。

どうせ分かるのだから、言わなかったのだろうか。あの時、蘇芳の見せた複雑な表情。どうやら不名誉であるらしい林間学校に、自分も行くのだと言いたくなかったのかもしれない。

そもそも、この林間学校ってなんなの？

結局、疑問はそこに戻ってくる。

転校してきたばかりで、まだろくろく慣れてもいないところで、なぜあたしがそんなところに呼ばれなければならないのだろう。呼ばれるような理由が思いつかない。

蘇芳は、ミチルの視線に気付いているのかいないのか、平然とした表情のまま、じっと座っている。

それをいうなら、どうみても、完璧な優等生だとしか思えない佐藤蘇芳が呼ばれる理由って?

ミチルは、そっとボートのなかの女の子たちを見回した。

他の女の子も、どちらかといえば、至極真面目そうな女の子たちだ。正直いって、頭も良さそうで、いわゆる素行不良であるとか、問題がありそうには見えない。

頭の中がクエスチョン・マークではちきれそうになった頃、ボートは向こう岸に着いた。

「みどりおとこ」がボートのもやいを船着場の柱にくりつけ、女の子たちを急き立ててボートから降ろす。

岸辺に降り立った時、ミチルは、向こう岸から見た時に山だと思ったものがそうではなかったことに気付いた。

確かにそれは、山の斜面に沿って、奇妙にでこぼこした岩山のような形をしていた。

しかし、それは、よく見ると、石造りの古い建造物であることが分かった。

緑色の城。

山だと思ったのも無理はなかった。その城は、全体が濃い緑色のツタに覆われていたのだ。

まるで、山からお城が生えているようでもあり、お城と山が一体になっているようでもあった。

なんだか不思議な眺めだ、とミチルは思った。

絵の中の景色のようだ。すぐそこにあるのに届かない、存在するのに存在しない、現実ばなれした景色。

いつのまにか、蘇芳が隣に立っていた。他の少女たちも、蘇芳を囲むように並び、青空に聳《そび》える遠い城を見上げていた。

「あれが夏のお城なの？」

ミチルはかすれた声で尋ねた。

「ええ」

蘇芳は、落ち着いた声で答え、小さく頷いた。

「あれが、あたしたちの――淋《さび》しいあたしたちの、お城なの」

ミチルがその時の蘇芳の言葉の意味を考えたのは、ずっとずっとあとのことだった。

第三章　少し奇妙な日常

お城で暮らした時のことを思い出すと、ミチルはいつも眠気を誘われる。

あのひと月ちょっとの時間——六人の少女で過ごした時間そのものが、夏の昼下がりに風の通る窓辺でうとうとしていたかのような、短いまどろみに思えるのだ。

静かで穏やかな日々だったし——いや、単にミチルがそう思い込もうとしていただけで、今にしてみると、かなり不穏で異様な雰囲気に包まれていたような気もする——お城のなかはいつもひんやりとして、どこかを風が吹き抜けていた。

あの不思議な日常、ふだんでは決して有り得ない日常を言葉にするのはむつかしいけれど、ミチルは今も時々言葉を探してみる。

＊

夏流城は、夏のお城というだけあって、開放的な造りだった。

山の斜面にへばりつくように建てられていて、箱の形をした建物が連なっており、小さな中庭や池、細い水路や噴水がそこここにある。だから、今自分が何階のどこにいるのかを把握するのはむつかしかった。

ツタに覆われた、石と木でできたお城は、和風なのか洋風なのか分からない、無国籍な雰囲気が漂っていた。

獅子が水を吐いている噴水や、石畳を敷いた小さな中庭は遠い国の意匠を思い起こさせたが、いちばん高いところにある鐘楼に登る長い階段を囲む柱や瓦屋根を戴いたお堂は、お寺のようでもある。

お城自体はほとんど仕切りがなく、長い回廊や廊下はいつも風が抜けていたけれど、お城と外部の世界とは完全に遮断されていた。

夏流城のある山は、どちらかといえば岩山で、ほとんど木がなかった。

山を青く覆っているのはツタなどのつる性植物ばかりで、その下はごつごつとした岩ばかり。がらんとして見晴らしがよく、こっそりお城に近づこうとしてもたちまち見つかってしまうだろう。

お城の周りには土塀が張り巡らされていて、その外側は深いお濠《ほり》になっている。しかも、お濠の周辺のごつごつした岩場の外側にあるのは、みんながボートで渡ってきた川である。

お城は、二重、三重に守られている。さすがは、かつては砦《とりで》だったという場所だ。つまり、いったんお城に入ってしまったら、外の世界に出て行ったり、連絡したりということがとてもむつかしいということだ。

まるで隔離されているみたい。

ミチルが、自分の部屋に着いて荷物を降ろした瞬間、抱いた感想はそれだった。

「みどりおとこ」がたくさんの鍵のついたキーホルダーをがちゃがちゃさせて、何度も何度も大きな扉の鍵を開け（四回？　いや、五回鍵を開けた）、部屋に辿《たど》り着いた時、ミチルは朝からの緊張で疲れ切っていた。

部屋そのものは、古いけれども居心地がよかった。

小さなベッドに畳んだ布団。小さな箪笥《たんす》。どれも使い込まれているものの、こざっぱりとしている。

窓辺に机があって、造りつけの本棚もある。

小さなガラスの花瓶に、しおれかけた桔梗《ききょう》の花が挿してあった。

角部屋というのか、ちょうど空中に張り出すような位置にあり、部屋の二面を囲むように小さな池もあるし、池の向こうの崩れかけた土塀の隙間から、小さなあずまやが見える。

ミチルはぼんやりと窓の外を眺めた。どうして自分がこんなところにいるのか。一瞬、自分がどこにいるのか分からなくなった。

まるで、絵の中にいるみたいだ。

そう思ったとき、絵の中で何かが動いた。

ミチルは目を見開いた。

今のは何？

窓から身を乗り出し、じっくりと周囲を観察する。

気のせいだろうか。確かに何かが動いたと思ったのだが。それも、黒っぽい、人影だったような。

しばらく目を凝らしてみたけれど、再びその影を見ることはなかった。やはり、気のせいだったのかもしれない。

遠くで鐘が一度、鳴らされた。

あの鐘が鳴ったら、食堂に集合することになっている。

ミチルは我に返り、慌てて部屋を出た。

食堂は、お城のてっぺん近くにあった。それこそ、外観はお寺のお堂のような感じで、土間に大きな長いテーブルがふたつ置いてある。ざっと見て、一度に二、三十人は食事ができそうだったが、今はミチルたち六人の貸し切り状態なのだ。

ミチルが食堂に入ると、もう他の少女たちは着いていて、遅いお昼ご飯の準備を始めていた。ここでは自炊生活らしい。

食堂の隣の台所は広かった。

流しのそばの大きな机に、ホウレンソウや長ネギ、トマトに茄子といった野菜が置いてある。食材は、みんなが着く前に既に運びこんであったらしい。

あまり食欲はなかったけれど、そうめんを茹《ゆ》でて食べた。

テーブルを挟んで、三人と三人。なんとなく、ボートで座った席順になっているのが不思議である。

「食事当番は二人ひと組にします。お昼は簡単なものにするので、みんなでこんなふうに準備します。当番表、そこに貼っておくので見ておいてください。連絡事項は、林間学校のあいだ、ここに貼ります」

る。佐藤蘇芳が、食堂の入口にある掲示板を指差した。自然と、彼女がリーダー役となる。もちろん、異論のある者はない。

蘇芳は淡々とここでのルールを説明した。

その中には、幾つか奇妙なものがあった。

鐘が一度鳴ったら、食堂に集合。これは、着いた時から言われていたから知っていたし、納得した。こんなだだっぴろいところに六人がばらばらに生活するのだから、みんなを集めるにはいちばん合理的な方法だろう。

しかし、鐘が三回鳴ったら、夜中だろうが、早朝だろうが、お地蔵様にお参りしなければならない、というのはどういうことだろう。

そのお地蔵様は、お城の隅っこにあった。

鐘楼に登る石段が山の麓《ふもと》からずっと上まで続いている。その石段は、片側は木の柱があって素通しになっているが、反対側は古く厚い土塀が続いていて、その途中に奇妙な場所があるのだ。

小さなお地蔵様は、どこにでもある素朴なものだが、なぜかお地蔵様の後ろが大きな鏡になっているのである。

お城に入ったとき、いちばん先にお参りしたのがこのお地蔵様で、お地蔵様の後ろで自分が手を合わせているのを見たときはおかしな気がした。

このお地蔵様は、どうやらお城のなかで重要な地位を占めているらしい。朝起きたらまずお参りしてお花の水を替えるし、夕食の前にもお参りしなければならないという。

何かいわれのあるお地蔵様なのかな。

ミチルはしげしげとお地蔵様を観察した。長年風雨に晒《さら》されてきたためか、顔がすりへって、表情が消えかかっているが、微笑んでいるのは分かる。

そんなに立派なものだとは思えない。確かに優しいお顔で、見ていると心なごむものではあるけれど。

もうひとつ、理解に苦しむルールがあった。

水路に花が流れてきたら、その色と数を報告すること。

最初、何を言われているのか全く分からなかった。

ミチルがあまりにもきょとんとしているので、蘇芳はわざわざミチルを水路に連れていってくれたほどである。

その水路は、お城のいちばん高いところから、中庭や池を通って麓へと流れていた。

幅は一メートルくらいだろうか。

「今の時期だと、花はさるすべりかな。たぶん、白い花と赤い花が流れてくる。それを見かけたら、花の色と数、できれば順番も覚えておいてほしいの。最初に白い花が流れてきて、そのあと赤い花がふたつ続けて流れてきた、とかね。花を見かけた時間と場所も、書いてくれるとありがたいわね」

蘇芳は噛んで含めるように説明してくれたが、それでもミチルにはちんぷんかんぷんだった。

「なんでそんなことを？　そこに何の意味が？」

蘇芳は、またあの表情をした——笑っているような、怒っているような、いろいろな感情が混じり合っている、複雑な表情。

「意味なんかないわ」

蘇芳はあっさりと答えた。

ミチルは納得できない。

「意味がないのに、そんなことするの？」

「まあ、占いみたいなものかしらね」

蘇芳はそっけない。違う星からやってきた人間に、地球の仕組みを教えている。そんなあきらめみたいなものを感じたのは気のせいだろうか。

「街角で、特定の車の数を数えて、数が多ければ多いほどラッキーだ、みたいな占い、やったことない？　あれと似たようなものよ。花を見かけたらラッキーだと思って、やってみて」

蘇芳はそう言って肩をすくめた。

「このノートを掲示板に吊るしておくわ。ご協力、お願いね」

新しいノートが、掲示板の隅に吊るされた。表紙には「流花観察ノート」と書かれている。

ミチルの頭はクエスチョン・マークでいっぱいだ。

しかし、その疑問は更に増えることとなった。

ミチルは、きょろきょろと周囲を見回す。

「で、先生は？」

今度は他の少女たちがきょとんとする番だった。

「なんですって？」

「だって、林間学校なんでしょう？　先生はどこにいるの？　いつ来るの？」

ミチルがそう尋ねると、五人の少女は顔を見合わせた。

一瞬、彼女たちは目で何かを語りあったような気がしたが、やはり代表するように蘇芳が首を振った。

「先生は、来ないわ」

「どうして？」

ミチルは、自分がこの世でいちばんの愚か者になったような気がした。

どうして？　なんで？　ここに来てから、その質問しかしていない。それも、あたしだけが質問をしていて、みんなは何もかも分かっているようなのだ。

苛立ちと不安が交互に押し寄せる。

蘇芳は辛抱強く答えた。

「誰も来ないわ。ここにいるのはあたしたちだけ」

あの「みどりおとこ」はどうなのか、と口に出しかけたが、彼はミチルたちを連れてきたあとは姿を消した。今現在、このお城の中にはいないらしい。

「宿題は持ってきたでしょう？　ここで静かに自習よ。あとは規則正しく生活するだけ。図書室があるわ。ゆっくり本を読めば？　テニスコートもあるし、ラケットもあるから、誰かとテニスもできる」

蘇芳は相変わらず落ち着き払った目をして、ミチルに話しかける。

違うのだ、とミチルは内心呟いた。

知っているくせに。あたしが知りたい答えはそんな答えじゃない。なぜあたしたちがここにいるのか。なぜここにいなければならないのか。蘇芳はその答えを知っているくせに、決して答えようとはしないのだ。

ミチルは訴えるように蘇芳を見たが、蘇芳の目はミチルの疑問に答える気がないことを示していた。

ミチルは、かすかに溜息《ためいき》を洩らした。これ以上粘っても無駄だ。

「あたしたち、いつまでここにいるの？」

再び、少女たちがちらっと顔を見合わせた。

焦りと疎外感。

あの視線にはどういう意味があるのだろう。あたしを軽蔑しているの？　それとも、憐れんでいるの？

「迎えが来るまでよ」

やはり蘇芳が答えた。

「それはいつ？」

ミチルは疲れた声で尋ねた。

「分からない」

蘇芳は静かに首を振った。

「あたしたちは、待つだけなの。迎えが来るのを待つだけ。それまでは、ここから出られない。あたしたちに選択権はないのよ」

蘇芳はそっと目を逸らした。

彼女は前にもここに来たことがあるのだ。

突然、ミチルはそう思った。

彼女は初めてではない。最初は彼女がしっかりしているから、何か前もって先生か誰かに説明されていて、リーダーシップを取っているのかと思ったが、そうじゃない。

彼女はここに来た経験があるのだ。

なぜ？

ミチルは素朴に疑問を覚えた。ここに何度も来るというのはどういうことだろう。なぜ蘇芳のような優等生が。なぜあたしのように何も知らないよそから来た娘が。二人の共通点は何なのか？

「いったん、解散にしますね」

蘇芳がみんなを見回して言った。みんなが頷いて、それぞれの部屋に引き揚げていく。

ミチルもとぼとぼと自分の部屋に戻った。似たような景色なので迷うかと思ったが、石灯籠や動物の置き物を目印に、なんとか戻れそうだった。

「あなた、転校してきたばかりなんだってね。どう、具合は」

突然、後ろから声を掛けられてびくんと背筋を伸ばした。

振り向くと、あの背の高い、涼しげな顔をした女の子だ。

「具合？」

挨拶するより前に、またしてもミチルはきょとんとしていた。

彼女は「あ」と呟き、苦笑いすると、小さく手を振った。

「そりゃあ、やってらんないよね、いきなりこんなところにはるばる連れてこられちゃってさ」

明らかに、まずいことを言った、という様子だった。

気を取り直すように笑い掛けてくる。

「あ、あたし、斉木《さいき》加奈《かな》。よろしくね」

「大木ミチルです」

そういえば、まだ自己紹介をしていなかったのだ。

ミチルはしどろもどろに名乗ると頭を下げた。

「佐藤蘇芳と同じクラスなんだってね。あたし、一個上」

「先輩なんですね」

ミチルはまたしても慌てて頭を下げた。てっきりみんな同い年だと思っていたのだ。

「うん、あのおさげのちっちゃい子と同じ学校」

「三中じゃないんですか」

「うん、あたしたち五中。あの子は稲垣孝子《いながきたかこ》っていうの」

他の学校だというのも、考えもしなかった。

ミチルはますます内心首をひねらざるを得なかった。

つまり、夏流《かなし》じゅうから生徒が集まっている林間学校だということか。それがたった六人というのはおかしくないだろうか。何かの基準で選ばれているのだとすれば、その条件はかなり厳しいことになる。

「あたしの部屋、あの窓の外にひまわりが咲いてるとこ。よかったら、遊びに来て」

「はい、ありがとうございます」

加奈は手を振って離れていった。

きつい印象を与える子だが、話すと意外に気さくで、面倒見のいい感じだ。

加奈の行く手を見ると、確かに、大きなひまわりが三本ばかり咲き誇っているところに、レースのカーテンのかかった窓がある。

あの人にぴったりだな、ひまわりって。

そんなことを考えた。

ミチルはいったん部屋に戻ってのろのろと荷ほどきをしたが、胸は不安と疑問ではちきれんばかりだった。

部屋を出て、ゆっくりと透きとおってゆく空を見つつ、あてどもなく歩き回る。

誰かに会うこともなく、ぶらぶらしていると、あの鏡の前のお地蔵様が見えた。

明るい光に照らされた自分が、お地蔵様の向こうに映っている。

やっぱり、鏡があるのってヘンだよね。

ミチルはゆっくりとお地蔵様に近づいていった。鏡の奥から、自分が近づいてくる。

お地蔵様の前にしゃがみ、穏やかに微笑むその顔を覗き込む。

いったいどうなってるんでしょうね。あたしはなんでここにいるんでしょう。

その顔に向かって心のなかで話し掛けてみるが、むろん返事などあるはずもない。

が、声がした。

ミチルは膝《ひざ》の上から顔を上げた。

お地蔵様の向こうに、ひきつった顔の自分が見える。

ミチルは思わず立ち上がってしまった。

あたし、気が変になってしまったんだろうか。

周囲を見回し、唾を呑みこみ、必死に耳を澄ました。

きっと、聞き間違いに違いない。虫の声とか、何か別のものを人間の声だと勘違いしたんだ。

改めて、じっと周囲の様子を窺う。

虫の声はするけれど、遠くの草むらからだし、はっきりと聞き取れる。

しかし、今聞こえてくるこの不気味な低い声は――

ミチルは思わず後ずさりをしていた。

その声は、鏡の向こうから――確かに、お地蔵様の後ろにある、古い土塀の中から聞こえてくるのだった。

第四章　流れる花を数える

こんなふうに、いささか釈然としない形でミチルの夏流城での林間学校は始まった。

朝は、自然と目が覚める。

家にいる時は、何度もしつこくお母さんが起こしに来ないと絶対に起きられないのに、なぜかここでは早くに目を覚ましてしまう。

不思議だなあ、とミチルは思った。

家だとあんなに朝起きるのがつらくてたまらないのに、どうしてここだと目が覚めちゃうんだろう。

ベッドの上に起き上がり、大きく伸びをする。

既に窓の外は明るく、開けた空間の気配。

この、がらんとした空気のせいだろうか。広いところにぽつんと一人でいるという孤独が——そのかすかな不安が、本能的に目を覚まさせるのかもしれない。

それに、ここでは誰も起こしになど来てくれない。

みんな、それぞれ起き出してきて、「オハヨ」と挨拶をするだけで、黙々と朝食の準備。

最初、蘇芳が食事は当番制、と言っていたが、二日もすると、なんとなく全員集まってきて、結局、毎回みんなで食事の準備をすることで落ち着いてしまった。

なんだか分からないままいつのまにか林間学校が始まっていて、その淡々としたスケジュールの中に組み込まれてしまった、というのがミチルの実感だった。

お城の中を移動する時に、ミチルはチラリとあの場所に目をやらずにはいられなかった。

決して一人では行こうと思わない場所。

お地蔵様のある、あの少し不気味な場所。

あの時、土塀の中から聞こえてきた声については、時間が経つにつれ、やはり何かの聞き間違いだったのだと考えるようになっていった。初日で、あまりにも緊張して疲れていたので、そんなものを聞いたような気がしたのだ、と。

いろいろ引っかかることはあったけれど、それさえ除けば、いたって長閑《のどか》で退屈と言ってもいい毎日だった。

五人の少女たちは、最初はとっつきにくいところもあると感じたが、毎日少しずつ言葉を交わすようになると、皆感じがよかった。

ミチルが感心したのは、誰もが大人びていることだった。

むろん、自然とリーダー役になった佐藤蘇芳がいちばん落ち着いていたが、他の四人もしっかりしていて、食事当番を一緒にしても、皆慣れていて料理も上手だった。いつも母親任せにしていていてロクに手伝いをしたことがなかったミチルがいちばんの足手まといだったが、かわるがわる包丁さばきから煮炊きまで丁寧に教えてくれたので、元々器用なほうだったミチルは、少しずつ料理を覚えていった。

少女たちは、示し合わせたかのように、午前中をひとりで過ごす。

午後は少しお喋りをしたり、テニスをしたりもするが、総じて控え目に暮らしていた。こんな広いところに六人しかいないのに、誰かが聞き耳を立てているかのように、話す時は声を低めていたし、はしゃいだり騒いだりということもしなかった。自然とミチルもみんなに合わせておとなしくしていた。ミチル自身、本を読んだりしてひとりで過ごすことは嫌いではなかったので、この不思議なバランスの取れた生活にやがて馴染《なじ》んだ。

最初に声を掛けてくれた斉木加奈は、バレーボールの選手だったが、膝を故障しているので、今年の夏は練習や合宿には参加していないという。加奈は、スポーツ万能でありながら、結構内向的なところがあり、気さくであるのと同時に、同じくらい神経質なところもあるのに驚かされた。その癖、自分の神経質な部分を見せるのがとても嫌なようで、そんなときは、くどいくらいに謝るのだった。

加奈と同じ五中だという稲垣孝子は、加奈と同学年で（クラスは違うそうだ）見た目に反して将棋が趣味という渋い子だった。色白で小柄でいかにも女の子、という外見とは裏腹に、理詰めでものを考えるタイプである。部屋でもよく将棋盤を前に、詰め将棋の問題を解いていた。

ミチルも将棋を教えてもらった。なんとか駒を並べられるようになったし、ルールも覚えたが、全然孝子には太刀打ちできなかった。

眼鏡をかけたおかっぱの女の子は塚田《つかだ》憲子《のりこ》。一中。やはり一歳上だ。こちらもまた、一見堅苦しい外見と堅苦しい名前とは裏腹に、どちらかといえば磊落《らいらく》で自由人。林間学校での規則は守っていたが、あとは放っておいてくれ、というタイプだ。彼女はよく中庭のベンチに長々と寝そべって、広げた本を顔の上に置いて居眠りをしていた。広げているのは、ミチルが名前すら知らない、フランスやイギリスの作家の本だ。

もうひとりの眼鏡の長髪の女の子は、辰巳亜季代《たつみあきよ》。

他の五人は公立中学の子だったが、ひとり、私立のミッション系の学校から来た、おっとりとしていかにもいいところのお嬢さんという感じだった。

彼女がいちばん歳上で、受験の年齢だったが、エスカレーター式で高校まで上がれるので、特に受験勉強はしなくていいらしい。そのせいか、歳上なのにどことなく苦労知らずであどけないイメージがあり、いかにもお姉さんという雰囲気なのに、その癖、みんなが世話を焼きたくなるようなところがあった。

ミチルは、昔から女のきょうだいが欲しいと思っていたので、亜季代に対して、こんなお姉さんがいたらいいのに、と思うようになった。

「ミチルちゃんは将来何になりたいの？」

亜季代と話していると、しばしば彼女は同じ質問をした。

「亜季代ちゃん、その話、こないだもしたよー」

ミチルがあきれてそう言うと、亜季代は「えー、そうだったかしらあ」とおっとり首をひねるのだった。

「あたし、パイロットになりたい」

「へえー、凄いわあ、ミチルちゃん。勇気あるわねえ」

その都度、亜季代はしっかり驚いて、しっかり感心してくれるので、ミチルも気をよくするのだった。

「世界中を飛び回りたいな。あの、機長の挨拶っていうのをやるのが夢なの。こちらは機長の大木ミチルです。本日の天候は快晴。下に間もなく富士山が見えてまいります——」

亜季代が「きゃっ」と手を叩く。

「カッコいいわねえ。あたし、ミチルちゃんが機長の飛行機、乗りたいな。ミチルちゃんがアナウンスしたら、機長はあたしのお友達なのよって周りの人に自慢するわ」

「亜季代ちゃんは何になりたいの？」

「じゃあ、あたし、ミチルちゃんが機長の飛行機のキャビンアテンダントになる」

「このあいだはお花の先生って言ってたじゃない」

「だって、ミチルちゃんと旅するほうが面白そうなんだもん」

亜季代との会話はえてしてこんな感じで、加奈などは「あー、すげーイライラする」と匙《さじ》を投げることもあったが、亜季代はいつもニコニコ笑っていて、手芸が趣味らしく、毛糸と編み棒を手放さず、セーターを編んでいた。

「あんた、このクソ暑いのに毛糸いじってて暑苦しくない？」

加奈がからかうと、「ううん、あたし、冷え性だから」と取り合わない。

距離を置きつつも、六人のあいだに連帯感が生まれていた。

しかし、そのなかで、佐藤蘇芳はやはり超然としていた。


「――佐藤蘇芳って凄いね」

しばしば、加奈がそう言った。

「うん、凄い優等生らしいよ」

「知ってる。あいつ、昔からああだったもん」

加奈は、以前から蘇芳のことを知っていたようだった。

「昔から、あんな優等生だったの？」

加奈は大きく頷く。

「なんでもできて、いつもいちばんだった。だけど、蘇芳が凄いのは、完璧に自分の感情をコントロールできるところ。最近、ますますだよね」

加奈はそれが不満そうである。

「まあ、仕方ないよね――性格だろうし――無理もないか」

もごもごと口の中で言葉を飲み込むのは、どうやらミチルに気を使っているらしい。

「無理もないって、どうして？」

「出たよ、ミチルの『どうして』攻撃が」

加奈が顔をしかめる。

「だって、みんな何も教えてくれないんだもん」

「いいのよ、知らなくて。あたしだってよく知らないし」

「嘘。何か秘密があるんでしょ」

「秘密なんかないよ」

「じゃあ、どうしてこの六人なの？　夏流に中学生はいっぱいいるのに、どうしてあたしたちだけ夏流城にいるの？」

ミチルは思い切って加奈に迫った。

しかし、そのときの加奈の表情を見てどきっとする。

それは、神経質なときの加奈が見せる、ひどく痛々しく、惨めさすら感じられる表情だった。

「ごめん」

ミチルは反射的に謝ってしまった。まるで、自分が加奈をいじめたような気分になったからだ。

すると、加奈のほうがぎょっとした顔をした。自分が弱い顔を見せてしまったと気づき、自己嫌悪に陥ったらしい。

加奈はミチルにごつん、と頭をぶつけてきた。

「ミチルが謝ることないよ。ごめんね、説明してあげられなくって。ごめん。でも、ほんとに秘密なんてないんだよ。ほんとだよ——ただ、見た目通りのことがあるだけなんだ」

ミチルは、さすがに「見た目通りのことって？」とは聞き返せなかった。

加奈が本当にどう説明したらいいのか分からず困惑しているということと、嘘をついてはいないというのが彼女の髪の毛の感触の向こうからひたひたと伝わってきたからだ。

ミチルはふと、恐ろしくなった。

見た目通りのこと。

この長閑で淡々とした奇妙な日常。これが見た目通りというのなら、あたしが見ている見た目とみんなが見ている見た目は異なっているのかもしれない。あたしは何も見ていないのかもしれない。たったひとり、みんなと違うものを見ているのかもしれない――

見た目通りのこととは――

ここ、夏流城とはいったい何なんだろう？

考えないほうがいい、とミチルは疑問を押し殺した。

きっと、加奈の言う通り、何も考えずに淡々と過ごしていけばよいのだ。こうして感じのいい女の子たちとひと夏を過ごせばいい。ミチルは少しずつ、疑問の答えを見つけることをあきらめていったのだった。

「ねえ、花火やらない？」

夕食のあと、亜季代が言い出した。

「花火ぃ？」

加奈が目をむいてみせる。

他の三人も、「花火」という言葉に反応するのが分かった。

「あんた、花火なんか持ってきたの？」

「うん。みんなでやろうと思って」

亜季代はニコニコと微笑んでいる。

「よくそんなもの持ち込めたわね」

「あたし、冷え性だから、ポケットカイロと一緒に詰めてきたの」

亜季代はどことなく得意そうだ。

加奈が苦笑した。

「なるほど」

「花火持ってくるなんて、思いつかなかったなあ」

憲子が呟いた。

「あたしも。まさかここで花火なんて、ね」

孝子も憲子を見て頷く。

「だけどさ、普通、花火って帰る前の日とかにやらない？」

ミチルが首をかしげると、みんながハッとした表情になった。

「え」

どことなく青ざめた顔のみんなを、ミチルは不思議そうに見回した。

「だって、まだ七月だし。花火って、夏休みの終わり頃にやるものだって思ってたんだけど」

あたし何かおかしなこと言ったかしら？

ミチルは漠然とした不安が込み上げてくるのを感じた。

何？　花火の時期の話よね？

「まあまあ、いいじゃない。いつやったって」

加奈が陽気な――しかし、どこかわざとらしい笑い声を上げる。

「そうそう、いつやったっていいの」

亜季代は相変わらずニコニコしている。泰然自若とはこのことだ。

「あたし、線香花火しか持ってこなかったの」

今度は不満の声が上がる。

「地味っ。もうちょっと景気のいいのなかったの。ロケット花火とかさ」

そう言いかけて、加奈は「あ」と口をつぐんだ。

「景気がいいどころじゃなかったか」

なんだか変な会話だな。

ミチルはどこかで違和感を覚えたが、花火をやる、という興奮のほうが勝っていたのか、すぐにそのことを忘れてしまった。

「ねっ、やりましょやりましょ。いいでしょ、蘇芳」

亜季代は食器を拭いている蘇芳に声を掛ける。

なんとなく、蘇芳にお伺いを立てたくなる気持ちはよく分かる。

蘇芳はちらっとみんなを見回す。

ダメって言うかな、とミチルが思った時、蘇芳はニッと笑った。

「いいんじゃない。やりましょうよ」

「わあい」

「ただし、土間でね。ちゃんと消火用のバケツも用意しないと」

「はーい」

みんなで歓声を上げて準備にかかる。

林間学校のはじめに花火をするなんて、しかも線香花火だなんて、もったいないような、せっかちなような。

ミチルはバケツに水を汲みながらも、まだ内心首をひねっていた。

でも、確かに、いつやったっていいんだよね。うん、なんだか林間学校っぽくなってきたぞ。

久しぶりに、気持ちが浮き立つのが分かる。

食堂を出たところの、土間になったスペースに集まった。

水の入ったバケツの脇に小皿を置き、中にロウソクを立て、マッチをすって火を点ける。

パッと明るい炎が膨《ふく》らんだ。

火を点ける。たったそれだけのことが、こんなにわくわくすることだなんて。しかも、なんだかいけないことをしているような気持ちになるなんて。

ロウソクの揺れる炎に照らし出されるみんなの顔が、不思議な興奮で輝いていた。

炎を囲む一体感。

線香花火が配られ、手がロウソクの上に次々と差し出される。

赤紫色の紙切れがパッと燃え上がり、それからしゅっと光の束が走り、その中からちろちろと卵の黄身のようなかたまりが姿を現す。

暗がりの中に、そこここでレース編みの模様みたいなかぼそい光の線が弾けている。

きれーい、と歓声が上がった。

ジッと息を止め、卵の黄身が落ちないようにひたすら見守る。

どんなに静かにしていても、やがて必ず、ぽとりとそれは落ちてしまう。

「はあー、なんで線香花火ってさみしくなっちゃうんだろ」

ミチルが溜息混じりに独り言を言うと、亜季代がニコッと笑った。

「帰っちゃうからじゃない？」

「帰っちゃう？　誰が？」

加奈が口を挟む。

「——もうこの世にいない人」

亜季代はニコニコしたままふわりと呟いた。

みんながハッと息を呑んだ。

亜季代は笑顔を崩さない。

「だって、お盆に提灯灯したり、送り火したり、精霊流ししたりするのって、みんなこの世にいない人をお迎えして、見送るためでしょ」

亜季代はどこか楽しそうにも聞こえる声で続ける。

「そもそも、ずっと昔から続いてるような花火大会って、どれもみんな亡くなった人のお弔いのためにやってるんでしょ」

「えっ、そうなの？」

孝子が驚いたように顔を上げた。

「うん。東京のほうでも、両国《りょうごく》とか、隅田川《すみだがわ》なんかで、毎年お盆の頃に有名な花火大会があるじゃない？　あれって、どれも疫病とか、災害とかで、大勢の人が亡くなったあとに、供養のために始まったんですって」

「へえー。知らなかった」

「だから、夏に花火をするのは、正しいのよ。お盆があるんだもん」

「そういう話聞くと、なんだか花火の見方が変わるね」

憲子がしげしげと手に持った線香花火に見入った。

「そう。ミチルちゃん、花火が消えてさみしいのは、正しいの。誰かが帰っちゃうのを見送ってるんだから」

亜季代も、自分の手元でちりちりと震えている卵の黄身を眺めている。

みんなが、じっと黙り込み、自分の手元で燃えている光を見つめていた。

ぽとり、ぽとり、と音も無く、次々と落ちて消える。

虫の声がそこここから響いてくるのとは対照的に、みんなはじっと沈黙を共有していた。

決して気詰まりではない、心地よいといってもいいほどの沈黙を。

濃密な夜の真っ暗な世界の隅っこで、身を寄せるように線香花火をしているあたしたち。

辺りはどろりとした闇で、目を凝らしても何も見えない。

ミチルはふと、ここに来られてよかったのかもしれない、と思った。

こうしてみんなとこんな時間を共有できたことが、なんだかとてもいい感じがする。

この夏を、これからもこんなふうに穏やかに過ごしていくんだ、とミチルは虫の声を聞きながらぼんやりと考えていた。

にもかかわらず、やはり気になることは起きる。

ミチルが、初めて水路を流れる花を見たのは林間学校が始まって七日目のことだった。

規則正しい生活と、皆のストイックな生活に感化され、宿題だけは順調に消化していた。

しかし、この日はどうしてもやる気がせず、ミチルは窓辺でぼんやり頬杖を突き、開いた問題集の真っ白なページを無視したまま、だらしなく時間をやり過ごしていた。

ずっといい天気が続いていたのに、今日はどんよりと曇り、湿度は高く、じっとしているだけでじっとりと汗がにじんでくる。こんな天気で数学の問題なんて考えられるものではない。

ミチルはそう自分に言い訳して、ぺたんと机の上に突っ伏した。問題集のページがおでこに張り付いて、湿っている。

きっと、低気圧が近づいているのだろう。他のみんなも朝からどんよりしていて、亜季代などは「頭痛がする」と言って、ご飯もろくに食べずに自分の部屋に引き揚げてしまった。

あたしだけじゃない。きっと、他のみんなもだらだらしてるはず。

そう考えてから、一部考え直す。

蘇芳は違うかもしれないけど。

佐藤蘇芳が、部屋のなかで、黙々と宿題をやっているところが目に浮かんだ。

もっとも、まだ自分が蘇芳の部屋に入れてもらったことがないことに気付いた。他の子の部屋は、ひと通り訪ねていったというのに——あの個人主義の憲子ですら、部屋に入れてくれたというのに。

なぜか胸のどこかが鈍く痛んだ。

加奈たちは、蘇芳の部屋に入ったことがあるのかな。

そんなことをいじいじと考える。

汗の感触が気持ち悪くなって、勢いよく起き上がった。

窓の外の池も、どんよりと重たい緑色である。


そこを、すうっと白いものが横切ったのだ。


ミチルはパッとした。

水鳥かと思ったが、よく見ると、純白の花が水に浮かんで、ゆらゆらと動いている。

そのときまで、ミチルはすっかり「流花観察ノート」のことを忘れていた。

毎日、食堂に行ったとき、視界の隅に感じてはいたものの、意味を持って迫ってきたことはなかったのだ。

あれは——流れる花？　あれが？

ミチルは立ち上がっていた。

窓から身を乗り出し、花が流れてきた方向と、流れていく方向を観察する。

それまで気付かなかったけれど、山の上から流れてくる水路は、幾つかに枝分かれして、あちこちの池に注ぎこんでいるのだ。

だから、全く動きのない池だと思っていたが、中には緩やかな流れもあって、そこに何かが乗ってくると、こうして池の中を移動しているのが見えるのだった。

へえ。本当に、花が流れてくるんだ。

白い花は、造り物のように白く輝いていた。

他にも流れてくるかと思ったが、後に続く気配はなかった。

ひとつだけ、白い花がぽつんと池の上を滑っていく。

じっと見送っていると、花は池の出口に辿り着いた。池の隅に五十センチほど切れたところがあって、そこから小さな小さな滝となって下の水路に水が落ち込んでいるのだ。

花はしばらく出口で引っ掛かっていたが、やがてあきらめたように小さな落差を落ちてゆき、すぐに下の水路に乗って見えなくなった。

ミチルは、なぜかほっと安堵の溜息をついていた。

時計を見て時間を確認すると、急いで食堂に向かった。

食堂は無人だった。

そっと掲示板に近づき、ノートを手に取る。

開いてみると、既に何ページも書き込まれていたことにまず驚く。

午前八時過ぎ。カメの置き物の前。赤、白、白。(斉木)

午後一時半頃。稲垣の部屋の前。赤、赤、白、白。(稲垣)

午後四時二十分頃。テニスコート脇。白、赤、赤、赤。(斉木・佐藤)

なるほど、カッコ内は、目撃した人の名前らしい。

こんなふうに花は流れてくるのか。

隅々まで見てみたが、ひとつだけ、というのは記述がない。

ミチルは不安になる。

本当は、他にもいくつか流れてきていたのだろうか？　あたしが気が付かなかっただけでは？

でも、確かにひとつしか流れてこなかった。

自分が見たものを信じよう。きちんと書かなくちゃ。

ミチルは、一緒にぶら下がっているボールペンで書き込んだ。


午前十時十分頃。大木部屋前の池。白。（大木）

書き終えると、ひと仕事したような気がしてホッとする。

それまで全く気に留めていなかった水路が、急に気に掛かってきた。

どんなふうな経路になっているのだろう。どこから流れてくるのだろう。

ミチルは、水路を遡《さかのぼ》ってみることにした。


あの花はどこからやってくるのか？

水路は、分かれていたり、暗渠《あんきょ》になっていたりしたので、遡っていくのはなかなか大変だった。

恐らく、このお城は何度も増改築が繰り返されているのだろう。

水路を目で追っていくと、突然なくなってしまったり、うろうろ建物の周りを探し回っていたら、どこかでぴちゃんと水の跳ねる音がして、思いもよらぬ場所からまた水路が伸びている、ということの繰り返しだった。

あの花が、ミチルたちがいるお城の敷地内で流されたものでないことは明らかだった。

あんな派手な花の咲いている木は一本も見当たらなかったからだ。

どこに咲いてるんだろう、あの花。

ミチルはきょろきょろしながら周囲を見回した。青々としたツタばかりが目につき、小さな野花を除けば花らしきものは全く咲いていない。

うろうろしたり遠回りしたりしているうちに、ずいぶん登ってきていた。

お城のてっぺんにある鐘楼が近づいている。

水路は、少し傾斜がきつくなっていた。おのずと、水の流れも速くなる。

萩の茂みの陰に、水路が続いていた。どうやら、この辺りがてっぺんに近いようだ。

と、視界を赤いものが横切った。

水路を、赤い花が流れてくる。


あそこだ！


流れが速いので、あっというまに赤い花が三つ、立て続けに目の前を流れていき、たちまち見えなくなった。

数を胸に刻み、ミチルは萩の茂みを掻き分けた。

正面に、古い土塀が目に入る。

土塀は、表面が崩れかかっていて、中に補強材として入れた竹や稲わらがはみ出していた。

その土塀の下に、楕円形をした小さなトンネルと、そのトンネルから押し出されてくる流れが見えた。

間違いない。花は、あそこから流れてくるのだ。

ミチルはもう少し近づこうとしたが、足元がおぼつかなかった。

じっと土塀を見つめる。

土塀。あたしたちを囲んでいる土塀。

あの、奇妙な鏡とお地蔵様がある土塀とこの土塀は続いている。

長い土塀であるのと同時に、かなりの厚さと高さがある。

それまで考えたことのなかった疑問が湧いてきた。

この向こうには何があるのだろう?

ミチルは棒立ちになり、くすんだ色の土塀を穴が開くほど見つめた。

ずっと、向こう側にも岩山が広がっているのだと思っていた。

初めてやってきたときに見た山の景色の印象が強かったので、山全体があんな景色だと思いこんでしまったのだ。

けれど、この土塀はどこにも切れ目がなく、向こう側を見られる場所もない。

ミチルは、狭い水路の脇に歩を進めた。ザッ、と土が水に落ちる。

ひやりとした。

あんまり足場は丈夫ではなさそうだ。これ以上進むと危ないかもしれない。

しかし、ミチルはその土塀にもっと近づきたかった。そこに行けば、向こう側にあるものの気配を感じられそうな気がしたのだ。

何かがある——何かがいる。あの向こう側に。

鮮やかな赤が、暗いトンネルの中からポッと浮かび上がってきた。

ひとつ、ふたつ。

まさに、花が向こう側から流れてくる瞬間を目の当たりにして、ミチルはなぜかどぎまぎしていた。

顔にぶつかる萩の枝を押しのけ、ミチルは魅入られたように一歩進む。
土塀が近づいてきた。
すぐそこに、手を伸ばせば届きそうなところに。
また、足元からザッ、と土が落ちた。
ミチルは、ぎくっとして身体を凍らせた。
それは、足元が危ないからではなかった。

土塀の向こうで、誰かが動いた。

何も音はしなかったけれど、ミチルははっきりとそう感じたのだ。
人の気配としかいいようのないもの。誰かがそこで息を潜《ひそ》め、存在していることが伝わってきたのだ。

誰かがいる。向こう側に誰かがいる。その誰かが、あの花を流しているのだ。

ミチルは、動悸が激しくなるのを感じた。

あまりにも心臓がどっくんどっくんと鳴るので、音が外に漏れ出ているのではないかと思うくらいだった。

喉《のど》がカラカラだ。唾が飲み込めない。身体が動かない。どうしよう。

ほんの少しでも動いたら、水路に落ちてしまいそうだ。

ミチルは、不自然なポーズのまま、息を止めてじっとしていた。

じわじわと冷や汗が滲んでくる。

どうしよう。どうすればいいんだろう。

土塀の向こうからも、異様な緊張感がひしひしと伝わってきた。

向こう側でも、こちらにいる誰かの気配に神経を尖《とが》らせているに違いなかった。

「だれ？」

ミチルはついに我慢しきれなくなって、そう低く尋ねてしまった。息だけの声で、短く。

ほんの一瞬、間があった。

そして、小さな溜息が聞こえた。

「――なあんだ、蘇芳か」


ミチルは、仰天して身体がふらついて、危うく水路に落ちそうになった。

必死に口を押さえ、声が漏れないようにする。なんとか、足元も踏みとどまった。

しかし、その声の主はミチルの声を蘇芳と勘違いしているらしく、親しげな様子で話し掛けてくる。

「びっくりしたよ、こんな時間にここに来るなんて。大丈夫？」

ミチルは口を押さえ、じりじりと後退し始めた。

逃げなくちゃ。あたしが蘇芳でないとバレる前に。

相手が本当のことに気がつく前に。

「計画はちゃんと進んでる？　蘇芳のことだから心配はしてないけど」

ミチルは後ずさりをした。

萩の枝がチクチクして痛い。

逃げなくちゃ。早く、ここから離れなくちゃ。

聞いてはいけないことを聞いてしまう前に。

ミチルは耳を塞ぎたかった。

聞いてはいけないことを聞いてしまわないように。

また一歩後ずさる。

もう少し離れれば、聞こえなくなる。この恐ろしい土塀から離れられる。

しかし、次の瞬間、ミチルははっきりとその声を聞いてしまったのだった。

若い男の子の声が――静かに決意をにじませた声が、こう言うのを。

「やっぱりあいつ――絶対に何か企んでる。厄介なことが起こりつつあるんだ――きっとあいつは、僕らをひどい目に遭わせるつもりなんだよ、蘇芳」

第五章　消えた少女

ミチルが少年の声を聞いて凍り付いていたその瞬間をまるで見計らったかのように、突然、鐘が鳴った。

カーン、と一回。


残響がかすかに尾を引いて、ゆっくり消えていく。

あまりにもその音が近くに聞こえたので、ミチルはぎょっとして振り向いた。

ぎょっとしたのは、塀の向こう側にいる少年も同じだったと見える。

「鐘、鳴ったね。行かなきゃね。僕も戻る。じゃあ、予定通りにね」

声は更に低くなり、会話の後半は遠ざかった。土塀の向こう側から離れたらしい。

鐘が一回鳴ったら、食堂に集合。

ミチルはよろよろと動き出そうとしたが、身体が固まってしまっていて、上半身に足がついていかない。

早く食堂に行かなければ。気ばかりが焦った。

こんなところにいたことが佐藤蘇芳にバレてはいけない。

頭にはその考えしかなかった。

どうしよう、もしもあたしが塀の向こうの男の子と話したことを知られたら。あたしが蘇芳と間違えられていたことに気付かれたら。

そう考えるとゾッとした。

塀の向こう。

そっと振り返ってみる。

向こう側には何があるんだろう。あの子、何度もあそこに来てる様子だった。蘇芳がこっち側にいることも承知していたし、たぶんあそこが蘇芳との連絡場所だったんだ。内緒の場所らしいことは、あの声の潜め方からも明白だ。あの子と蘇芳はどういう関係なんだろう?

あいつは、僕らをひどい目に遭わせるつもりなんだよ。

少年の言葉が繰り返し蘇《よみがえ》る。深刻な、思いつめたような口調だった。

ひどい目って、どういう意味？

喉がカラカラになっていた。

まさか、危害を加えるとか？

背中がヒヤリとした。

そもそも、あいつって誰？　あそこまで思いつめるような相手って？　こんな、人里離れた林間学校で？　男子側もあたしたちと同じような状態だとすれば、中学生しかいないのでは？

のろのろ土手を歩きながら、ミチルの頭の中は疑問でいっぱいだった。

やっぱりあいつ、絶対に何か企んでる。

彼はそう言った。ということは、前にも何かあったってこと？　そして、蘇芳もそのことを知っているの？

厄介なことが起こりつつある。

あれは、向こう側だけのことなの？

思い出せば思い出すほど不安が募る。

ひょっとして、こちら側でも同じことが起きてないといえる？

ふと、足元を静かに流れる水路に目をやった。

そこに花はない。

あの花が土塀の向こうからやってくることは確かだ。誰が流しているんだろう。さっきの男の子？　それとも別の誰か？

ミチルはようやくほぐれてきた足で食堂に急いだ。

息を切らせて中に飛び込むと、みんながハッとした表情で同時にミチルを振り返ったので、ぎょっとして足を止めた。

蘇芳、加奈、孝子、憲子。みんなの青ざめた顔。

だが、一人足りない。

「あれ、亜季代ちゃんは？」

ミチルは食堂を見渡した。

いつも食事の時に座っている亜季代の席は空っぽだ。

「あっ、ああ」

加奈が思い出したように頷いた。

「まだ来てない。亜季代のことだから、鐘聞いても『あら鳴ってるわ』なんて言っちゃって、のんびり編み物してるんだよ」

「呼びに行く？」

ミチルは自分が最後に着いたのではないことにホッとしながらも、再び食堂の外に出ようとした。が、思い出して尋ねた。

「どうして鐘を鳴らしたの？　なんで集合したの？」

ほんの少し間があったような気がした。

ほんの少しだけ、不自然な――少しだけ長い間が。

でも、それはミチルの気のせいだったのかもしれない。蘇芳が「あのね」といつもの落ち着いた声で話し始めた。

「ちょっとおかしなことがあったのよ——こっちに来てくれる？」

「おかしなことって？」

蘇芳と加奈が顔を見合わせて、頷きあった。蘇芳の後に続き、みんなで歩き出す。

向かった先は、加奈の部屋の前だった。

「見てよ、これ」

加奈が顎をしゃくる。


黄色の塚山。


そう見えたのは、加奈の部屋の前にあった、大きなひまわりが残らずなぎ倒され、折られて積み重なっているのだった。どれも人の顔ほどの大きな花だったから、それらが無残に折れたり取れたりして転がっているさまは、まるで死体が折り重なっているような錯覚に陥る。

「ひどいなあ」

ミチルは思わず呟いた。

「今朝、あたしが部屋を出た時はなんともなかった。午前中、あたしが部屋を離れてるあいだに誰かがやったの」

加奈が気味悪そうな顔でぐるりと皆の顔を見た。

「誰かって——」

孝子がもごもごと口の中で呟く。

「まだあるの」

蘇芳が再び歩き出した。

「他にも？」

ミチルは不安になった。ひまわりをちらっと振り返る。

萎《しお》れた花びらが、髪の毛に見えた。あの惨状を見るに、よほど乱暴にひまわりに当たり散らしたのだろう。あんな凶暴なことをするなんて、よっぽど——

「あそこ」

蘇芳が指差したのは、中庭にある噴水である。

ミチルはあっけに取られた。

池は空っぽ。

いや、噴水からちょろちょろ水は流れているから、石造りの池の底には少しだけ水が残っているのだが、中にあった水はほとんど外に飛び出してしまったらしい。周囲はびしょびしょの水浸しで、黒く歪《ゆが》んだ円を描いていた。

「誰かが飛び込んだみたい」

「でしょ？　だけど、だとするとおかしなところがあるの」

蘇芳は腕組みをし、ミチルを試すように見た。

「おかしなところって？」

ミチルは恐る恐る聞き返す。

「飛び込んだ誰かはどこにいるの？」

「どこにって？」

「飛び込んだままそこでじっとしてるのなら分かるけど、出て行ったんならば、当然足跡があるはずよね？」

少女たちはまじまじと池の周りを見つめた。

ミチルは、蘇芳の言葉を認めざるを得なかった。

日が照っているのならば、すぐに乾いただろう。しかし、今日は曇って光はなく、とても蒸し暑くて風もない。洗濯物を干そうものなら、却って湿気を吸ってますます重くなりそうな天候だ。

池の周りは、びしょびしょなままだ。もしここから出て行ったなら、確かにどこかに向かう足跡が残っているのが当然である。

「もしかすると、飛び込む前にタオルと靴を用意しておいたのかもよ」

憲子が肩をすくめた。

「水浴びして、身体を拭いて、乾いた靴を履いて歩いていったのなら、足跡は残らないでしょ？」

「あるいは、石か何かを離れたところから投げ込んで、水を外に出したのかも」

孝子も、考え込む表情でゆっくり話し出した。

「それらしきものはないわ」

蘇芳がゆるゆると首を振って否定する。

「後で持ち出したのかも」

「持ち出すのならば、どうしてもこの水たまりに足を踏みこむ必要があるわ。それでも足跡は残ってない」

「ええと、乾いた雑巾を置いておいて、そこで靴を拭っていったとか」

孝子もなかなか譲らない。

「それじゃあ、誰がそんなことをしたの？　石を池に投げ込んでびしょびしょにしたあと、それを持ち出した人、この中にいる？」

蘇芳が根本的な疑問を口にした。

互いに顔を見合わせ「あたしじゃない」「あたしも違う」と首を振る。

「じゃあ誰が？　どうして？」

蘇芳は眉をひそめた。

「——亜季代かしら」

加奈がぽつんと呟いた。蘇芳が加奈の顔を見る。

「亜季代ちゃんが？　どうして？」

加奈は力なく首を振る。

「分からない。でも、ここにいないのは亜季代だけじゃない？　だとすると、亜季代が何かした可能性はあるよね」

「ねえ、ここって本当にあたしたちだけなの？」

ミチルはいつのまにか口を開いていた。

「え？」

みんなが驚いたようにミチルを振り返ったので、またミチルはぎょっとする。

さっき、あたしが食堂に入っていった時もこんなふうに振り返った――

「あたしたちしかいないの？　あの緑色の人は？」

ミチルは戸惑いながらも、もう一度言った。

憲子がきっぱりと首を振る。

「あの人は、ここの中には入らないのよ。あたしたちを案内してきてくれただけ」

「そうなの？　本当に？」

ミチルは弱々しく聞き返す。

「どうしてそう思うの？　誰か他の人を見かけた？」

蘇芳が、どことなく冷ややかな笑みを浮かべてミチルを見た。

ミチルはうろたえた。

どうしよう、あの男の子のことを言うわけにはいかないし。あたしって、どうしてこう、いつも余計なことを言って、おろおろしちゃうんだろう。あたしが隠し事してるって、見抜かれたかしら？

そして、ミチルは重要なことに気が付いた。

そういえばあの子、「予定通りに」と言った。あの時、「予定通りに」と。きっと、自分は蘇芳に念を押したと思っている。だけど、その「予定」が実行されなかったらどうだろう？　何をするつもりだったのか分からないけれど、「予定」が実行されなかったら、不審に思うのではないだろうか。そして、実は塀のこちら側にいたのが蘇芳ではなかった可能性に思い至るのではないか。

まずい、と思ったが、口は勝手に動いていた。

「だって——食料とか、新しいのが補充されてるし」

苦し紛れに出た言葉だった。

「ああ、そうか、あれね」

蘇芳が大きく頷いた。どことなくホッとしたように見えるのは気のせいだろうか。

「あれはね、二日にいっぺん、運んできてくれるの。外からの差し入れ口があって、そこに入れておいてくれるのよ」

「へえ、そうだったんだ」

疑問は山ほどあったが、それはそれで不思議に思っていたので、腑に落ちた。ミチルが納得したのがみんなに伝わったらしく、なんとなくみんなも安堵したようだ。

「ねえ、亜季代のこと、探そうよ。まだ来ないの、ヘンじゃん」

加奈がどことなく青ざめた表情で促《うなが》した。

ミチルも背筋を伸ばす。

「そうだよ、なんだか心配になってきちゃった」

加奈の不安が乗り移ったようで、急に胸がどきどきしてきた。

確かにヘンだ。何がどうというわけではないけれど、ひまわりといい、この水たまりといい、とにかく誰かが、こんな状態になるようなことをしたのだ。


五人で、まずは亜季代の部屋に行った。

そうっと覗きこんでみると、部屋は空っぽである。

ベッドの上に、編みかけのセーターが、編み棒が付いたまま放り出してあった。

「いないね」「どこ行ったんだろう」

「亜季代ちゃーん」「おーい」

みんなで外に出て、亜季代の名を呼ぶ。

しかし、がらんとした湿った空に、声は吸い込まれていくばかり。

「亜季代ちゃん！　どこ？」

叫ぶ度に、ミチルの不安は募る。

脳裏には、ニコニコ微笑む亜季代の顔が鮮明に浮かんでくるのだが、肝心の本人の姿はいっこうに見つからない。

だだっぴろいお城だが、そうそう隠れるような場所もない。

みんなで手分けして、家具の中や物置、トイレや庭まで探し回ったが、亜季代は見つからない。

息を切らせ、駆け回った少女たちは、誰からともなく食堂に戻ってきた。

「いない。消えちゃった。いなくなっちゃった」

ミチルは泣き声になってみんなの顔を見た。

誰もが青ざめ、肩で息をし、無言で互いの顔を見つめている。

蒸し暑いところを走り回ったためだけでない、冷たい汗を感じているのが分かった。

「ここ、勝手に出て行くことはできるの？」

ミチルは蘇芳に尋ねた。

蘇芳は、青ざめた顔で首を振った。

「基本的には、内側からは出て行けないわ。鍵はあの人が持ってるし、入口は何重にも鍵がかかってる」

あの人。夏の人。「みどりおとこ」。

「それに、もしお城から出たとしても、外は来る時見たように、渡し船が来ない限り泳いで渡るしかない。でも、逆に言えば、塀を無理やり乗り越えて、泳ぎに自信があるのならば、出て行くことができないこともない」

「亜季代ちゃんが、自分の意志で出て行ったっていうの？」

ミチルは信じられなかった。あのニコニコして、編み物をしていた亜季代が、そこまでしてここを出て行くなんて、とてもじゃないけど考えられない。

「塀をよじのぼって？　あの水量の多い川を泳いで？」

誰もが黙りこんだ。

「亜季代ちゃん。どこなの？」

ミチルはひっそりと呟いたが、それきり何も言えなかった。

しかし、亜季代はその日以来、本当にぷつりと姿を消してしまったのだ。
この、淋しい夏のお城から。ミチルたち、五人の少女の前から。

第六章　暗くなるまで待って

亜季代がいなくなり、ミチルは夜を迎えるのが恐ろしくなった。それまでは長閑で眠たげで、いささか退屈でもあったお城が、その日を境に異なる風景に見えてきたからだ。

だいじょうぶ。亜季代のことは心配しなくていいわ。学校には連絡してあるから。

蘇芳はそう言ったけれど、あんな状況で姿を消した亜季代のことを心配するなというほうが無理だ。

誰も何も言わない。相変わらずおろおろしているのはミチルだけで、皆、それまで通りの生活を続けている。

亜季代は今どうしているのだろう？　どこにいるのだろう？　いつも手放さなかった編み棒と毛糸を残していったいどこへ？

ミチルちゃん、ミチルちゃん。

あのふわりとした声が聞けなくなったのはつらかった。自分が世話を焼いているつもりでいたが、いかにミチルのほうが彼女を精神的に頼っていたのかを思い知らされた。

こんなの、ヘンだよ。亜季代ちゃん、まさかどこかでひどい目に遭ってたりしないよね？

何度も亜季代の部屋に行ってみる。いつのまにか亜季代が戻ってきていて、「あら、ミチルちゃん」と言って迎えてくれるのではないかと思ってしまうのだ。

しかし、いつ行っても亜季代の部屋は空っぽのまま。

朝の光を、窓を通り抜ける風を、庭の暗がりを、ミチルは恐れるようになった。

ひとりになるのが怖いのだ。

外部から幾重にも隔絶されている夏流城だが、それぞれの部屋には鍵が付いていなかった。

亜季代を探した時に、だだっぴろい割に身を隠すような場所はほとんどないと分かったものの、ぽつんと部屋に一人でいると、どうにも無防備に感じられて仕方がない。

それでも、昼間はまだ良かった。

明るい陽射しや緑を見ている時は、なんとか恐ろしさを抑えることができた。けれど、午後の太陽が傾き、少しずつ夕闇の気配が忍び寄り、空が透き通り始めると、ミチルは心臓がどきどきしてくるのを感じるのだった。

誰かが暗がりに潜み、日が暮れるのをじっと待ちかまえているような気がする。その誰かは、みんなが一人一人自分の部屋に引き揚げるまで、闇の中で辛抱強く見張っているのではないか。

また、別の誰かが朝目が覚めたらいなくなっているのではないか。もしかすると、それは自分なのではないか。だとすると、どんなふうにいなくなるのだろう。

そう思うといてもたってもいられず、周囲をきょろきょろしながら歩くことになる。

ミチルはなるべく一人にならないようにしていたが、みんなは平気らしい。むしろ、みんな前よりも内省的になったというか、ぽつんとバラバラに物思いに沈んでいる姿を見かけるようになった。

その様子も、ミチルには理解できない。亜季代がどうなってしまったのか、自分も亜季代のようになってしまうのではないかと恐れる気持ちはないのだろうか。

亜季代が消えて数日後の夕方、ミチルは図書室で孝子を見かけた。

いつも詰め将棋や問題集を解いている孝子が、机を前にぼんやり座っている。

その様子があまりにも所在なげなので、ミチルは思わず「だいじょうぶ？　孝子ちゃん」と声を掛けた。

孝子がハッとしたように顔を上げ、ミチルを無表情に見た。

「ああ、うん」

ミチルだと気づいた孝子は無理に笑った。

「だいじょうぶ」

その笑顔に、ミチルはほんの少し傷ついた。

そうだよね、いちばんびくびくおろおろしてるあたしに「だいじょうぶ？」なんて言われたくないよね。

孝子がミチルに心配させまいと気遣いをしてくれているのがこたえた。

そんなミチルの引きつった表情をどう解釈したのかは分からないが、孝子は手招きしてミチルを向かいに座らせた。

「あのね――あたしだって――あたしだって怖いの」

孝子は顔を右手で押さえ、溜息のように呟いた。

「え?」

ミチルは聞き返す。

「蘇芳さんはすごい。あたしにはあんなこと、耐えられない。とてもじゃないけど――とてもあんなふうには」

孝子はミチルの声など聞こえていないかのように、独りごとを呟いている。

「何が怖いの? 亜季代ちゃんがいなくなったこと? みんなやっぱり怖いよね?」

ミチルは勢いこんで尋ねた。

「亜季代さん」

孝子はのろのろと繰り返し、かすかに首を振った。

「亜季代さん――いつもあんなにニコニコしてたのに」

溜息のように呟く。

「まさか、あんな」

ミチルはその言葉が引っ掛かった。

まさか、あんなとは。

「何が『あんな』なの？」

更にミチルが身を乗り出そうとした時、背後でクルックー、という鳩の声がした。

「あら」

反射的にミチルは振り向き、窓の外の木の枝に留まっている小さな灰色の鳩を見た。

「鳩だ。珍しい」

そういえば、ここに来てから鳥を見ていない。普通、田舎に来るとうるさいくらいに鳥の声がするのに。

ふと、もう一度孝子の顔を見たミチルは呆然とした。

孝子の怯《おび》えた目。

その目は、ミチルの背後にあるものを見つめ、恐怖に見開かれている。

「なに？」

慌てて振り向く。

しかし、鳩の飛び去った枝がかすかに揺れているだけで、何も見えない。翳《かげ》ってきた空が、長閑に茜色に染まっている。

「どうしたの、孝子ちゃん。そんなびっくりした顔して」

孝子は不自然に目をそむけた。

「なんでもない。なんでもないの。食堂に行きましょう。あたし、当番だし」

孝子は自分に言い聞かせるようにそう呟くと、そそくさと席を立った。

「う、うん。そうだね」

ミチルも立ち上がるが、孝子が今見せた表情が気になった。

何を見てたんだろう、孝子ちゃん。

ミチルは窓の外を見る。確かに、孝子はミチルの後ろの何かを見つめていた。しかし、窓の外には何もない。そっと覗き込んでみるが、やはり目につくようなものはなかった。

まさか、誰かが隠れてあたしたちの話を聞いてたとか？

そう思いついてぞっとする。

孝子はその誰かを見たのかもしれない。

ミチルは図書室を出て、ぐるりと外に回り込んでみた。

誰かがいたのなら、窓の下に足跡があるかもしれないと思ったのだ。

しかし、窓の下はごつごつした石が並んでいて、人がいたような痕跡は見当たらなかった。

けげんに思いつつ食堂に着くと、戸口から、中で孝子と蘇芳が深刻な表情で話し込んでいるのが目に入った。

「――危険――」

「あとで――急がないと――」

ボソボソと話す声が切れぎれに聞こえる。

危険？　何が危険だというのだろう？　あたしたちの状況？

ミチルが入っていった時には、二人はもう話し終わったのか、無言で食事の準備に没頭していた。

「手伝うね」

「ありがと。じゃあ、お皿並べてね」

そう答える蘇芳はいつも通りだ。その落ち着き払った横顔を、思わずじっと見つめてしまう。

亜季代がいなくなっても、そんなに動揺しているようには見えなかった蘇芳。

あれは、あたしたちを動揺させないためなの？　それとも、単に冷たい人なだけ？

蘇芳の静かな横顔は、声を掛けることをためらわせる。

その夜、ミチルはなかなか寝付けなかった。

部屋に一人でいるのが怖いせいもあったが、それでもうとうとしていたミチルを、何かの気配が目覚めさせたのだ。

無意識のうちに、ベッドに起き上がっていた。

部屋の明かりは点けたままにしてあった。亜季代がいなくなって以来、消すことができないのだ。

まだはっきりとは目覚めていない頭で、ミチルは周囲の様子を窺った。

どうして起き上がったのか分からなかった。

静かな夜。虫の声がさざなみのように闇の底を伝ってくる。

ミチルはぼんやりと窓の外を見た。

チラチラと光が動いている。


ホタル？


そう思って光に目を凝らす。

が、次の瞬間、ミチルははっきりと目を覚ましていた。

懐中電灯の光だ。

ミチルはがばっとベッドから降りた。裸足《はだし》に当たる床が冷たくて、一層ぱっちりと目が覚める。慌てて服を着替え、そっと外に出た。

懐中電灯の光は、夜の底をゆっくり動いていた。間違いない。誰かが城の中を歩き回っている。

ミチルはどきどきしながらその光を追いかけた。

最初は何度も躓《つまず》いたが、だんだん目が慣れてきて素早く動けるようになった。

どこに行くんだろう。あれは、誰だろう。

怖いもの見たさ、という言葉が頭に浮かんだ。

もしかして亜季代を連れ去った誰かかもしれないのだ。とても恐ろしいのに、足は止まらない。遠くで動いていく楕円形の光に、魅入られたようについていってしまう。

夜の風がミチルの頬を撫《な》でた。

草の匂いが、不意に強く鼻を突いた。

光の動きが止まった。

ミチルも一緒に動きを止め、様子を窺った。思い切って、息を殺し、抜き足差し足で光に近づいていく。

耳元でハアハアという音がするのでぎょっとしたが、それは自分の呼吸の音だった。

　身体をかがめて、低い茂みの後ろを進み、ぐるりと回り込むようにして光がよく見える場所を探した。

　懐中電灯の光が、丸く、壁に付いた、腰くらいの高さの鉄の扉をぼんやりと照らし出している。

　ボソボソと低く囁《ささや》く声がした。

　かすかに浮かび上がるシルエット。一人、二人。小柄な影。

　蘇芳と孝子だった。

　なぜ、夜中にこんなところに？　ミチルはじっとりと背中に冷や汗を感じた。

　ふと、夕方、食堂で二人が交わしていた会話が蘇った。

　あとで――急がないと――

　あれはこのことを指していたのだ。二人して、夜中にここにやってくること。

　何をしに？

「――やっぱりここね」

低く静かな蘇芳の声に、ミチルは身体を硬くする。

懐中電灯の光は、鉄の扉を隅々まで照らしていた。

どうやら、これが、前に蘇芳が話していた差し入れ口というところらしい。

「あの時、慌ててたから——結構長いこと開けてたし」

孝子の当惑した声が応える。

「ほら、隅っこに穴が開いてる」

蘇芳の声はあくまでも落ち着いていた。

「ずっと開け閉めしてるから、壁が崩れてきてるんだわ。仕方ないわね。とりあえず、枝でも突っ込んでおきましょ」

ガサガサと音がする。周りで枝を集めているようだ。

「どうする？」

孝子がおずおずと尋ねた。

「どうするって、何を？」

蘇芳の声は冷ややかだ。

「——よ」

孝子は声を潜めた。耳を澄ますが、「——」の部分が聞き取れない。

「処分するしかないでしょう」

蘇芳がきっぱり言うと、孝子がハッとし、やがてあきらめたように頷くのが分かった。

「そうだよね。仕方ないよね。でもどうやって？」

「毒、かな」

「うまくいくかしら」

「でも、他の手段はないわ。殴りつけるわけにもいかないし」

ミチルは、思わず自分の口を強く押さえつけていた。

そうしていないと、叫び出してしまいそうだったからだ。

処分。毒。まさか、まさか、そんな。


「あたしが準備しとく。気を付けてね」

「ごめんなさい」

二人の囁き声を背中に聞きながら、ミチルは身体ががくがく震えるのをなんとかこらえつつ、少しずつ二人から遠ざかり始めた。

処分。まさか、亜季代ちゃんも蘇芳たちが？

腰が抜ける、とはこういう状態のことを言うのだろう。ミチルは立っていられず、地面に手を突いてしまった。木の茂みの陰で、身体を丸め、自分の身体をぎゅっと抱きしめていたが、それでも全身が震えるのを抑えることはできなかった。

石になってしまいたい。このまま、ここで石になって、誰にも見つけられたくない。

処分。毒。確かに聞いた。蘇芳があの落ち着いた声でそう言うのを。

そういえば、あの時、土塀の向こう側でも似たような言葉を聞いた。

厄介なことが起こりつつある——僕らをひどい目に遭わせるつもりなんだよ。

ひどい目に。ひどい目に。

頭の中で、あの声が繰り返し蘇る。

再び、チラチラと光が動き始めた。

二人が引き揚げていく。

何かボソボソ話し合っているようだが、もうその内容は聞き取れなかった。

闇の中を遠ざかっていく光を、ミチルは震えながら見つめていた。

完全に光が見えなくなっても、ミチルはしばらくそこを動けなかった。動き出したとたん、懐中電灯を消して待ち構えていた二人が「見たな！」と飛び出してくるような気がして、恐ろしかったのだ。

処分。毒。

頭の中ではぐるぐるとその言葉が渦巻いている。

次は誰？　誰が処分されるの？

ミチルは震えながら、ようやく自分の部屋に戻った。閉めたドアの前に机を置いて、せめてもの気休めにする。明かりを点けたまま布団に入ったけれど、とうとう明け方まで眠りに落ちることはできなかった。

第七章　鐘が三度鳴ったら

花が流れていく。

白、赤。二個だ。

「ノート、書かなきゃ」

ミチルはぼんやり呟いた。

「そうね」

中庭の石のベンチ。ミチルが膝を抱えて水路を眺めていると、向かいのベンチの上で横になって本を読んでいた憲子が気のない返事をした。

「そういえば、憲子ちゃん、あんまり書いてないよね、ノート」

ミチルがそう言うと、憲子はかすかに鼻を鳴らした。

「あたし、水路見ないようにしてるもん。あんな形式だけのこと、やったって仕方ないわ」

「でも」

ミチルがためらうと、憲子はちょっとだけ微笑んでみせた。

「実際に見てないんだもの、書く必要ないでしょ？」

「それはそうだね」

ミチルも笑う。

ここ数日、いいお天気が続いていた。


人間というのは、慣れるのだ。


ミチルはそんな奇妙な感慨を覚えた。あの晩、蘇芳と孝子の話を盗み聞きして一晩中震えていたはずなのに、翌日になって明るい陽射しを浴びてしまうと、あれは夢だったのではないかという気がしてくる。

相変わらず亜季代は戻らず、食堂のテーブルの椅子は空っぽだったし、やはり夕暮れは恐ろしく、暗がりに誰かが潜んでいるのではないかと怯える気持ちは変わらない。あの晩以来、寝る前に机をドアの前に移動させるのも習慣になってしまった。けれど、それでも、ずっと怯え続けているのにも飽きてしまった。恐ろしいことも、日常になるとやがては慣れるものなのだ。

さりげなく蘇芳と孝子の様子を観察していたが、二人はのんびり過ごしているように見えた。孝子はあの時のような怯えた顔を見せることもなかったし、あれは自分の勘違いだったのかな、と思うようになった。

処分。毒。衝撃的なあの言葉も、今は色褪《いろあ》せて、寝付けないと思っていたのも夢のうちで、やはりあれは夢の中で聞いた台詞《せりふ》なのかもしれないと思い始めていた。

「あの鳩、どこ行っちゃったのかな」

ふと、ミチルは空を見上げた。

「鳩？」

憲子が聞き返す。

「そう、鳩。こないだ、図書室の窓のところに来たんだけど、あれ以来見ないなあ」

「メメント・モリ」

憲子がぼそっと呟いた。

「え？　なんて言ったの？」

憲子は一瞬、「しまった」という表情になったが、肩をすくめて乱暴に言った。

「メメント・モリ。死を想え、よ」

ミチルはきょとんとした。初めて聞く言葉だった。

「『し』って、なんの『し』？」

「デスよ。死ぬの死」

憲子はぶっきらぼうに答える。それでもミチルはきょとんとしていた。

「なあに、それ」

「昔、ヨーロッパでいっとき流行った言葉よ。ペストが大流行した頃じゃなかったかな。絵の中に骸骨を描き入れるのが流行になったんだって」

「へえ。なんか、悪趣味だなあ」

「そうね。悪趣味ね」

憲子は相槌《あいづち》を打った。本を胸の上にばさりと置き、じっと空を見上げる。

「でもさ、悪趣味なことが、救いになることもあるのかもね」

「救い？」

ミチルは、憲子の声の調子がいつもと違うような気がした。

「うん。悪趣味なことする人って、たぶん、それが悪趣味だと分かっててやってるんだよね。そうやって自分のこと客観的に見られるのって強いよね。自分のこと突き放して見るのって、むつかしいもの」

憲子は、ミチルにではなく、どこか遠いところに話しかけているようだった。

「悪趣味も、冷静に現実を見るって意味では、たまには役に立つんじゃないかな——

そう、あたしたちが流れる花を数えるみたいに」

「えっ？　花はきれいだし、悪趣味とは違うでしょう？」

ミチルは反論した。

憲子は小さく笑い、ミチルを見た。ミチルはどきっとする。優しく、そして淋しい笑顔だった。

「そうか。花はきれい、かあ。そうだよね」

憲子は「ははっ」と笑い、再び本を取り上げて読み始めた。

と、急に空が暗くなり、日が翳った。

唐突に生温かく強い風が中庭を吹き抜ける。

「やだ」

読んでいたページが乱暴にめくれ、憲子が顔をしかめる。

「なんだか気持ち悪い風。そういえば、大きな低気圧が近づいてるってラジオで言ってた」

ミチルは、時々点けるラジオのニュースを思い出した。食堂に置いてあった古いラジオで、ラジオ本体のせいなのか電波のせいなのか、あまりよく入らない。みんなで思い出したようにスイッチを入れるが、アンテナを動かしてもあまり受信状況はよくならなかった。今朝もほんの少し天気予報が聞こえただけだ。

「低気圧か。嫌だな」

憲子は更に顔を歪めた。

「どうして？」

「加奈に聞いてごらん」

憲子は、汗だくになってジョギングしている加奈に目をやった。もうさっきから何周しているのか、お城の中を走っている。

「加奈ちゃんに？」

遠くで、ゴロゴロという音がした。雷だ。

さっきまでとてもいいお天気だったのに、空の隅からどす黒い雲が急速に近づいてくるのが見える。

「雷、嫌だなあ」

「ザッと来そうだね」

憲子はベンチの上に起き上がった。加奈が荒い呼吸をしながら、二人のいるところにやってくる。

「ああ、もうダメ。情けないなあ、すっかりなまっちゃって」

加奈は大きく溜息をつき、膝を押さえた。

「凄い汗だよ加奈ちゃん」

「加奈、膝はどう？」

ミチルと憲子が同時に声を掛ける。加奈は左右に首を振った。

「ダメ。もう大丈夫だろうと思ったのに、また痛くなってきちゃった」

「低気圧のせいだよ。この天気、病人にはつらいね」

憲子は空を見上げた。

「ああ」

加奈もつられて空を見る。見る見るうちに雨雲がどんどん領域を広げていた。

「降りそうだね」

「ヤバい、洗濯物が」

憲子が腰を浮かせたその瞬間である。

鐘が鳴り響いた。三人とも、ぎょっとして動きを止める。

鐘は、続けて打ち鳴らされた。一回、二回、三回。

「三回鳴ったよ」

ミチルは加奈と憲子を見た。

二人とも、凍り付いたような顔をしている。

「誰の」

加奈がそう言い掛け、口をつぐんだ。

「急がなきゃ」

憲子が立ち上がる。

鐘が三回鳴ったらお地蔵様のところに。

花を数えるのはどうでもいいと言ったくせに、鐘のほうは大事らしい。憲子は、ふだんのけだるい様子とは打って変わって、ダッと駆け出した。加奈とミチルもそれに続く。

ゴロゴロと、雷の音が大きくなった。

地響きのように、走っていく少女たちの足元を伝って追いかけてくる。

お地蔵様が見えてきて、もう蘇芳と孝子がその前にいた。

蘇芳はすでに、お地蔵様の正面に立ち、じっと手を合わせている。

「蘇芳」

加奈が叫んだ。

蘇芳は振り返らない。ぴくりとも動かず、手を合わせ、お地蔵様を見つめている。

孝子は蘇芳の肩にしがみついていた。

「蘇芳なの？」

加奈が怯えた声で呟いた。

「さあ、みんな、手を合わせて。そういう決まりでしょ」

蘇芳が低く言う。

五人は蘇芳を囲むように並び、手を合わせた。ミチルも、戸惑いつつも手を合わせる。

お地蔵様の向こうの鏡の中に、青ざめた表情の五人が並んでいた。

真ん中の蘇芳は、大きく目を見開き、じっと鏡の中の自分を睨みつけている。その様子には、異様なものがあった。

孝子が震えていた。見ると、泣いている。

「孝子ちゃん？」

ミチルが声を掛けたとたん、ピカッと空に閃光が走り、辺りが真っ白になった。

一呼吸置いて、ガラガラガラと凄まじい雷鳴が世界を包んだ。

「きゃっ」「落ちたっ」

少女たちは頭を抱えて叫んだが、ミチルは、閃光の中でも蘇芳が身動《みじろ》ぎもせずに鏡を睨みつけているのを見た。

蘇芳？　何が起きたの？

ミチルは混乱した。しかし、何をどう聞いたらいいのかも分からない。降り出した雨を横目に、ひたすら手を合わせるしかなかった。

いったい、どのくらい手を合わせていただろう。ようやく蘇芳が手を下ろし、「部屋に戻りましょう」と言った時には、大粒の雨がザアザアと地面を叩き、屋根の下にいたのに少女たちは誰もがずぶ濡れになっていた。

その日の夕食は、なんとなくみんなが悄然としていた。理由は分からないが、あの鐘のせいであることは確かだった。

しかし、蘇芳だけはいつも通り毅然としていて、黙々と食事当番をこなしている。ミチルも手伝ったものの、みんな食欲がないようだ。

雨は夜になっても降り続いていて、なかなか止みそうにない。

食事が終わっても、その日はみんな自分の部屋に引き返そうとしなかった。かといって、話をするわけでもなく、俯《うつむ》いてテーブルに着いたままだ。

雨の音だけががらんとした食堂に響き渡っている。

「ええと、トランプでもしない？」

ミチルは、ためらいがちに提案した。

みんなが疲れたような目でミチルを見る。

「トランプ、しようよ。トランプ、どこかで見たよ。確か、ラジオの入ってた戸棚にあったよ」

蘇芳と孝子がハッとして顔を見合わせるのを見たような気がしたが、ミチルはパッと食堂の隅っこにある古い戸棚に駆け寄り、勢いよく観音開きの扉を開いた。

中から、茶色の袋が飛び出してきた。

かなりの重さがあるものらしく、扉を開けたことで支えを失い、落ちてきたのだ。

「あれ、いつのまにこんなのが」

ミチルはぶつぶつ言いながら、袋を戻そうと手を伸ばした。

「触っちゃダメ！」

蘇芳が鋭く叫び、ミチルはびくっとして伸ばした手を止める。

「え？」

ミチルは、蘇芳を見るべきなのか、袋を見るべきなのか迷ったが、目は袋に釘づけになっていた。

袋の口が開いている。

そして、中から灰色のものが姿を覗かせていた。

その灰色のものには、黒っぽいものがこびりついている。

ミチルは、自分が見ているものが何か分からず、しげしげとそれを覗き込んだ。

が、次の瞬間、それが何なのか悟り、「ひっ」と反射的に飛びのいた。

鳩。

ミチルはじりじりと後ずさりをした。

袋から飛び出しているのは、ビニールに包まれている死んだ鳩だった。それもたくさん。

灰色の山鳩の、つぶらな瞳がこちらを見上げている。こびりついている黒っぽいものは乾いた血だった。

「な、なんで、こんなところに」

ミチルは答えを求めるようにみんなの顔を見回した。

しかし、みんなは無表情にミチルを見つめている。

鳩の目のように、何も感情を湛《たた》えていない黒い瞳が、四対の目が、ミチルを。

殺される。

ミチルは、不意に恐怖を覚えた。

あたしは、みんなに殺される。亜季代の次はあたしなんだ。きっとあたしが処分されるんだ。

「ミチルちゃん」

蘇芳が静かに呟き、一歩前に出た。ミチルは反射的に一歩後退る。

「あのね、ミチルちゃん」

そう蘇芳が口を開いた時、カーン、という音がした。

みんなが一斉に天井を見上げる。

「鐘？」

「鐘だわ」

大雨の音にくぐもっているが、確かに鐘が鳴っている。


一度、二度、三度。


「まさか。同じ日にまた鐘が鳴るなんて」

加奈が青ざめた顔で呟いた。

「でも、三回確かに鳴ったわ」

「今度はいったい」

少女たちはざわめき、顔を見合わせた。

が、蘇芳が何か思いついたようにミチルの顔を見る。

みんなもつられたようにハッとしてミチルを見た。

「なんなの？」

ミチルは更に一歩後退りをした。

「あたし？　やっぱりあたしを消すの？　亜季代ちゃんの次はあたしなの？」

「何を言ってるの、ミチル？」

加奈がぽかんとした顔になった。

「それより、急ぎましょう。お地蔵様のところに」

憲子が叫ぶ。

「そうよ、行くわよ」

蘇芳が頷いた。

「何なの、こんな時に、お地蔵様だなんて。あの鳩はどうしたの」

ミチルはわめいた。

「嶋なんかどうでもいいわ、ミチル、行くのよ」

蘇芳と加奈がミチルの両腕をつかんだ。

「いやだ、殺さないで」

ミチルは必死に踏みとどまろうとするが、二人に左右から引っ張られてはどうしようもない。

雨は激しく降り続いていた。

冷たいしぶき、吹きつける風。真っ暗で、何も見えない。

その中を、少女たちはお地蔵様目指して走っていった。


嫌だ嫌だ、処分されるのは嫌だ。


ミチルは声にならない声で叫んでいたが、どんどん引きずられていき、再びお地蔵様の前にやってきていた。

「さあ、ミチル、手を合わせるのよ。お地蔵様の正面に立って」

「そんな、どうでもいい、放して、あたし帰る、こんな林間学校、やめる」

ミチルはパニックに陥っていた。

「ミチル」

ほっぺたがぱあんと鳴った。

熱い。

ミチルは棒立ちになった。

蘇芳に平手打ちを食らったのだ。

蘇芳が顔を歪めていた。泣いている。


「蘇芳」

ミチルは呆然と呟いた。ひりひりとほっぺたが痛む。

どうして叩いたほうの蘇芳が泣いているのだろう。さっきまであんなに平然としていたのに。

「蘇芳」

加奈が声を掛けると、蘇芳は突然、大声を上げて泣き崩れた。うずくまり、両手を顔に当てて、身体を震わせて激しく泣きじゃくる。

孝子が駆け寄って、蘇芳の肩を抱きかかえた。

「もう無理だったんだよ、蘇芳。これ以上、隠しおおせないよ」

孝子も泣きながら、蘇芳の背中をさすっている。

蘇芳は悲鳴のような泣き声を上げた。あの蘇芳が、いつも落ち着いていてみんなが頼っている蘇芳が、身をよじって泣き叫んでいる。獣のような泣き声は、激しい雨の音と混じり合っていた。

ミチルはのろのろとみんなの顔を見回した。

「ミチル、お地蔵様に手を合わせなよ」

憲子が淡々と言った。

「そこの正面を見て。じっと鏡をね」

ミチルが憲子の指差すところを見ると、呆然としたままの自分の顔が鏡の中に映っていて、まるで他人のように見えた。

「大木ミチルちゃんです」

加奈が、ミチルの肩を抱くようにして、お地蔵様の正面に立たせた。

ミチルは、鏡の中に並んでいる加奈を見た。

加奈も、鏡の中にいるミチルを見ている。

やがて、彼女はこう言った。

「さあ、ミチル、鏡の向こうのお父さんに、ちゃんと顔を見せてあげて」

第八章　夏の人との対話

「夏の人」が、お城のてっぺんの鐘楼に立っていた。

望遠鏡を手に握り、覗きこんでいるところは、どちらかといえば船にでも乗っているように見える。

彼は普段はお城の外に住んでいるが、たまにああして訪ねてきて、鐘楼に登って遠くを眺めているというのだった。

夏も半ばを過ぎて、うんざりするような残暑が続いている。

五人の少女たちは、中庭の噴水の周りで、スイカを食べていた。

物憂げな午後。

みんな黙々とスイカをかじり、時折プッと種を吐き出す。

「――じゃあ、あの人だけが」

ミチルは遠くに見える緑色の男に目をやった。聞こえるはずもないのに、つい声を潜めてしまう。

蘇芳が静かに頷いた。

「ええ。緑色感冒の完璧な免疫を持っているの。だから、あたしたちとシェルターとのあいだを、あの人だけが行き来できるのよ」

「じゃあ、あの緑色の肌は」

「熱は下がって元気になった今も、どうしても元に戻らないんだって」

「そうなんだ。だから、あんなふうに」

ミチルは、旗を持って歩いてきた「夏の人」の姿を思い浮かべた。

「一族の中で、あの人だけが生き残ったんだって。家族もみんな死んでしまって、彼だけが回復したの。うちの両親は、彼の血を調べて、ワクチンができないかずっと研究していたわ。とうとう完成しなかったけど」

蘇芳はそう言って微笑んだ。

ミチルはうつむいた。

「蘇芳、ごめんなさい。本当に、ごめん」

いたたまれなさに、顔から火が出そうだった。

そっと手が伸びてきて、肩に置かれた。

「ううん、謝らなきゃならないのはあたしのほう。ミチルのお母さんに、あたしたち絶対黙ってるって約束したんだもの」

　蘇芳はゆるやかに首を振った。


「——お父さん？　あたしの？」

　あの時、ミチルはあっけに取られるしかなかった。

　それは、これまでほとんど使ったことのない言葉だった。

　なにしろ、ミチルは物心ついた時には既に母と二人暮らしで、父に会ったことはなかったからだ。

「そう。そこのお地蔵様の後ろを見てごらん。鏡の下のところに小さな電光掲示板があり、「566」という数字が赤く浮かび上がっている。

　ミチルは恐る恐るのぞきこんだ。鏡の下のところに小さな電光掲示板があり、「566」という数字が赤く浮かび上がっている。

「それがミチルのお父さんの番号。その番号の人が、この向こう側にいる」

　ミチルは頭を上げ、鏡を見つめた。

「ミチルのお父さんは、今、鏡の向こうでミチルを見てる。たぶんもう意識の混濁が始まってるんだ」

　加奈が静かに言った。

「ミチルのお父さんは、ミチルが小さい頃に離婚して、別のところに住んでいた。農業指導の仕事をしていて、長いこと海外生活をしているうちに緑色感冒にかかったんだって」

「緑色感冒に？」

それは、今世紀初め、世界で猛威を振るった恐ろしい病気だった。よくあるインフルエンザかと思われていたが、それは異なっていた。しばらく微熱や咳が続いて普通の風邪に見えるのだが、やがて高熱を発して全身が緑色になる。緑色になった患者は、次第に重い肺炎を起こし、呼吸困難で死んでしまう。

緑色感冒と呼ばれたその病気は、感染率も致死率も高く、世界をパニックに陥れた。

しかし、身体が緑色にならないうちは他人への感染率はそんなに高くなく、その時期の患者から感染《うつ》っても重篤化しないことが分かってきた。だから、身体が緑色になるまえに適切な治療を施せば完治するし、身体が緑色になった時点で隔離すれば感染が防げるようになったのである。

ただ、身体が緑色になるほどに症状が進むとまず助からないし、この時期の他人への感染力は非常に強く、しかも感染した相手も必ず重篤化する。つまり、緑色の肌になることは、死を覚悟しなければならないということなのだった。

ここ十数年は、町の中でそこまで症状が進んだ患者を目にすることはなくなった。初期の治療で治る患者が増えたことと、そこまで症状が進むようなことがあればすぐに隔離され、「シェルター」と呼ばれる専門の施設に送られるようになったからだ。

そして、ここ夏流は、最大の「シェルター」を併設した病院があるため、あちこちから患者とその家族が移り住んでくるようになったのだという。

「じゃあ、町の中にある冬のお城というのは」

ミチルは、蘇芳の話を思い浮かべていた。

窓を潰したお城。

「あれは、まだ流行が続いていた時に、感染を避けるためにみんなが立てこもったんだと言われてる。窓を塞いで、外部と接触しないようにずいぶん長いあいだあそこで暮らしてたんだって」

そんな歴史があったのか。

「ミチルのお父さんは、緑色感冒にかかったと気が付くのが遅れて、仕事をしながら転院して治療を続けていたけど、今年に入ってから急速に症状が進んだんだそうだ。それで、ここの『シェルター』に来ることになった。もう自分は助からないと思って、ミチルのお母さんに、ミチルに会わせてほしいと頼んだんだって」

「だから、ミチルをここに」

蘇芳が、洟《はな》をすすりあげながら、よろりと立ち上がった。

「蘇芳」

孝子が支える。

「じゃあ、この林間学校は」

ミチルはぼんやりと呟いた。

頭の中に、これまでのいろいろなことが浮かんでくる。何重にも外から隔てられた島。その中のお城。つまり、それというのは――

蘇芳は目をこすりながら頷いた。かなり落ち着いてきたようだ。

「そうなの。『シェルター』と病院はこのお城の地下にあるの。地下の隔離された施設で、みんな治療を受けているの。だから、林間学校にやってくるのは、もう助かる見込みのない――はっきり言って、夏休み中、いつ亡くなっても不思議ではないほど重い病状の親がいる子だけがここに来るの。ここだったら、マジックミラー越しに、子供たちに会うことができるから」

重症患者の子供のみ。

だから、これしか人数がいなかったのだ。

ミチルは頭をがつんと殴られたような気がした。

「じゃあ、じゃあ、前にもここに来たことがあるっていうのは、まさか、以前にも」

「蘇芳の両親は、どっちもお医者さんだったんだ」

加奈がそっと口を開いた。

「ずっと緑色感冒の治療方法を研究してた」

「一昨年は父が」

蘇芳はそう呟いた。

「そして、今年は――さっき母が――たぶんもう――」

声が震える。

「そんな」

ミチルは自分の目に涙が溢れてくるのを感じた。

あんなに毅然として、じっと鏡を見つめていた蘇芳。孝子の声が蘇る。

蘇芳さんはすごい。あたしにはあんなこと、耐えられない。

あれはこのことを指していたのだ。両親を続けて、緑色感冒で失うだなんて。しかも、感染率が高いから、死にぎわに直に会うこともできないなんて。

蘇芳は洟をすすった。

「小さな頃から言い聞かされてたの。いつなんどき、私たちは緑色感冒にやられるか分からないから、覚悟しておくのよって。それが私たちの仕事なのって」

「そんな、そんな、ひどい」

ミチルは蘇芳を抱きしめた。蘇芳もぎゅっと抱きしめてくれた。

「ごめんなさい、蘇芳、あたし、全然違うこと考えてて」

「分かってる。ミチルは何も知らなかったし、ミチルのお母さんは、ミチルのお父さんのことは内緒にしといてほしいって言ってたの。混乱させちゃってごめん。でも、説明するわけにはいかなかった」

「じゃあ、あの鳩は。孝子ちゃんがびっくりしてたのは」

茶色の袋からはみ出た鳩。ガラス玉のようなつぶらな瞳。

ふと、孝子の顔を見る。

「島の中には、小動物はいないはずなの。こうして幾重にも壁があるのは、実は音波を出して、小動物が入ってこないようにしているからなのよ。あたしたちをよもやの感染から守るために」

孝子も目を真っ赤にしていた。

「特に、鳥はウイルスを運ぶことがあって、警戒されているの。あの時はびっくりしたわ、ここにはいないはずの鳩が、すぐそばにいるんだもの」

「だからあんな顔をしたんだね」

「そう。かわいそうだけど、この中では、鳥には毒の入った餌を食べさせて、焼却処分にしなくちゃならないの。次に『夏の人』が来るまであそこの戸棚に隠しておくつもりだったんだけど、まさかミチルちゃんが開けるなんて思わなかった」

「ごめんなさい」

ミチルの目に、また涙が溢れてきた。

淋しいお城。淋しいはずだ。もうすぐ親を亡くす子供たちが集まっているのだから。

「お父さん、ミチルちゃんは強い子です。ちゃんとやっていきますよ。あたしたちも付いてますから」

加奈が鏡に向かってそう言った。

かすかに、どこからか呻き声のようなものが聞こえてきた。

「お父さん」

ミチルは思わず叫んだ。泣いているような、唸《うな》っているような声。

以前、ここで似たような声が聞こえたのは、ひょっとして、あの時も向こう側にお父さんがいたのかもしれない。

ミチルは鏡に手を当てた。向こうに。向こうに、お父さんが。

だが、声は聞こえなくなった。呼びかけても、静まり返っている。

「もう、病室に戻ったんだと思う」

蘇芳が囁くように言った。

「鐘を鳴らす時は、もう本当に危ない時だから」

三回鐘が鳴ったら、いつでもすぐにお地蔵様に駆けつけること。

それは、こういう理由だったのだ。


「ごめんね、みんな。ありがとう、みんな」

ミチルは涙が流れるまま、頭を下げた。

「ううん。たぶん、もうすぐ、あたしたちも」

加奈は孝子や憲子と顔を見合わせた。

その表情には、あきらめと共感が滲んでいる。

ミチルは改めて、自分たちの境遇にぞっとした。

そうなのだ。彼女たちの親も、今まさに死に瀕《ひん》している。いつまた鐘が鳴るか分からないのだ。

ミチルはハッとした。

「じゃあ、亜季代ちゃんは？　亜季代ちゃんはどこに行ったの？」

少女たちの表情が変わった。目をそらし、顔を歪める。

「亜季代は——亜季代も」

加奈の目から涙がこぼれる。

「まさか、緑色感冒に？」

ミチルは加奈に詰め寄った。

「違う。亜季代は、もういない。あのいなくなった日の夜、亡くなったんだ」

「えっ」


亜季代が死んだ。


ミチルは頭の中が真っ白になった。

「なんで。なんで？」

「亜季代もお母さんが、向こう側にいた。でも、実は亜季代本人も病気だったんだ」

「病気？　亜季代ちゃんが？　なんの？」

「脳腫瘍だよ」

「まさか」

亜季代の笑顔が蘇る。

ミチルちゃん、ミチルちゃん。あたし、ミチルちゃんが機長の飛行機、乗りたいな。

「本人も知ってた。もう手遅れだった。ここだったら、容体が急変しても『シェルター』の救急室に運びこめる。だから、林間学校に。相当、頭は痛かったはずだけど、あの子、いつもニコニコしてた。あたしたちが知ってるの、知ってたから。でも、かなり頭の中が圧迫されてたみたい。あいつ、ミチルに何度も同じ話して、前に話したこと忘れてただろ?」

このあいだはお花の先生って言ってたじゃない。

ミチルはショックを受けた。

あれは、のんびりしてるからじゃなくて、病気のせいだったの?

「あの日は、朝から相当頭が痛かったらしい。いったん部屋に引き揚げたけど、そのあと具合が悪くなって。たぶん、脳の中で大出血したんだね。痛い痛いって叫んで、飛びだしてきたんだ。あたしの部屋の前のひまわりをなぎ倒して」

加奈の目から、大粒の涙がこぼれた。

「追いかけたけど、もうあたしが誰かも分からなくなってた。で、最後にあの池に飛び込んで、頭を打ちつけて」

水たまりのできた噴水。足跡がなかった。

「別に、謎でも何でもなかったの。鐘を鳴らしたのは、亜季代を運び出すため」

蘇芳がのろのろと話し始めた。

「みんなで気絶した亜季代を毛布に包んで運び出したの。でも、ちょうどミチルはあの時遅れてきた。あなた、亜季代の病気のことも知らなかったし、そのまま、口裏を合わせて不可解な事件ってことにしたの」

ちょっとおかしなことがあったのよ。

あの時、蘇芳はそう言って、先に立っていったっけ。加奈と目で合図していたのは、亜季代が倒れたことをあたしに隠すことを確認したのだ。

「すぐに集中治療室に入ったけど、もうダメだったって。二度と意識は戻らなかったって」

憲子が淡々と言った。

「亜季代ちゃん」

ミチルはぼんやり呟いた。

ミチルちゃん――

ニコニコしながら線香花火をしていた亜季代。

帰っちゃうからじゃない？

もうこの世にいない人。

花火が消えてさみしいのは、正しいの――

分かってたの？　亜季代ちゃん。自分の運命を、予感していたの？

亜季代ちゃんも、帰ってしまったの？

亜季代の声が、顔が、遠ざかっていく。

「もう家に帰って、お葬式も終わってる。あたしたちもここから出たら、お墓参りに行こう」

加奈がそう言った。

ここから出たら。つまりそれは、みんなが親を亡くしたら、ということなのだ。だから、蘇芳はあたしたちに選択権はなく、いつ林間学校が終わるか分からないと言っていたのだ。

あれが、あたしたちの――淋しいあたしたちの、お城なの。

蘇芳の声が鮮やかに蘇る。

あたしたちの夏流城。奇妙な、淋しい夏——

「戻ろう。みんなで、蘇芳のお母さんとミチルのお父さんのために祈ろう」
加奈の言葉に、みんなが頷く。
もう一度お地蔵様に向かって手を合わせ、雨の中、少女たちは手を繋いで食堂まで
ゆっくりと戻っていったのだ——

入道雲が遠くに峰を作っている。

スイカはあらかたなくなり、白と緑の皮だけが三日月の形で残されていた。

少女たちはぼんやりと、雲を、「夏の人」を眺めていた。

おととい、彼女たちにとって最後の鐘が鳴った。

蘇芳の母とミチルの父が亡くなってから二日後に加奈のお父さんが、その翌日に憲子のお母さん、そして、それから三日経ったおととい、昼過ぎに鐘が鳴り、孝子のお

父さんが亡くなったのだ。みんなで抱き合って泣いた。

「夏の人」が鐘楼を降りてこちらに向かって歩いてくる。

「どう？　あんたたち、宿題は終わった？」

「夏の人」の声は、サバサバしていて明るかった。

「はい、もうほとんど」

蘇芳の声もサバサバしている。

「あんたたちを迎えに来る日が決まった。週明けの月曜日。朝十時に来るから、荷物まとめて、お城を掃除しておいて」

「はーい」

みんなで声を揃えて返事をする。

「あんたたち、よく頑張ったね。悲しみは夏流城の水路に流していきなさい。ここを出たら、未来のことだけ考えなさい。いなくなった人の分も、しっかり生きるの」

みんなが無言で頷く。

「夏の人」の声は、しっかりしていて力強かった。

「佐藤先生は、最後の最後まで研究を続けていて、絶対にあきらめなかった」

蘇芳はハッと顔を上げたが、その時には「夏の人」はもうすたすたと歩き始めていた。

「じゃ、ね。月曜に」

「夏の人」はそう短く言うと、振り向かずにひらひらと手を振って立ち去っていった。

背筋の伸びた、その背中を見ながら、ミチルは学校の美術の時間にみんなが「夏の人」を描いたわけが分かったような気がした。

「夏の人」は夏流の人々、または緑色感冒と闘う人々にとっての希望なのだ。大流行のさなか、重症化からただ一人生き残り、免疫を持った「夏の人」。

「さよなら」

ミチルは小さく呟いていた。

「何か言った?」

蘇芳が振り返る。

「ううん、なんでもない」

ミチルは首を振る。そして、胸の中でもう一度呟いていた。

さよなら、夏の人。
さよなら、あたしたちの夏流城。
さよなら、あたしたちの悲しい夏——

終章　花ざかりの城

荷物をまとめて門に向かって歩いている時、ミチルは水路を流れていく二つの白い花を見た。

「あ、花が」

ミチルが呟くと、憲子がちらっとこちらを見た。

「ノートにつけなきゃ」

「もう帰るんだからいいよ」

憲子の口調はそっけない。

最後まで、憲子は水路を見ようとはしなかった。

ゆらゆらと白い花は水路をたゆたっていたが、やがてするっと流れて見えなくなった。

「――あの花、なんで流してると思う?」

少しして、憲子がひとりごとのように尋ねた。

門のところにみんなが集まっていた。麦藁帽子に、ボストンバッグ。初めてここにやってきた日のことを思い出す。

「どうしてなの？　誰が流してるの？」

ミチルは勢いこんで聞き返す。

「誰が流してるのかはあたしも知らない」

憲子の口調はミチルをはぐらかすかのようで、やはりそっけない。

「だけど、あの花の意味は知ってる」

「花の意味？」

「あれはね、国内で、緑色感冒にかかって亡くなった人を意味してるの。白が男で、赤が女。緑色感冒で亡くなったことが確認されたら、花を流してるの」

「えっ」

ミチルは心臓をつかまれたような気がした。

「いつ誰が始めたのかも知らない。きっと、『シェルター』の職員かもね」

メメント・モリ。死を想え。

あの時の憲子の言葉が蘇った。

ヨーロッパの中世、ペスト大流行のさなかに骸骨を描き込む絵が流行った。死を想え。

「シェルター」の中、緑色感冒で死にゆく親を思いながら、水路に流れる花で、緑色感冒で死んだ人の数を数える。

ミチルはショックだった。あの花にそんな意味があったなんて。それを、あたしたちに数えさせるなんて。

「だから憲子ちゃんは悪趣味だって言ったんだね。ほんとだね、花はきれいでも、やってることはすごく残酷だから」

ミチルが暗い声で呟くと、憲子は真顔でミチルを見た。

「ううん、あたし、間違ってた。ミチルのほうが正しいよ」

「あたしが？」

憲子は小さく笑った。

「やっぱり花はきれいだよ。花それ自体が、命そのものなんだもの。きれいに咲いた花が、それぞれ一生懸命生きて死んでいった人を表してるのって、それでいいんだって思うようになった」

「そうかなあ」

「それでも、あたしは水路の花は数えないけどね」

「やっぱり」

二人で笑う。

加奈が手を振っている。ミチルも振り返す。

蘇芳と孝子が門を振り向いた。

「夏の人」が門の鍵を外から順番に開けているのだろう。

五人で門の前に並ぶ。

ぎいっ、という鈍い音がして、いちばん内側の扉がゆっくりと開いた。

誰もいなくなった城の中、ちょろちょろと流れる水路を、音もなく花が流れてゆく。

水路の上流にある、鬱蒼《うっそう》とした萩の茂みの奥の古い土塀。

土塀の下の水路から、またひとつ、花が流れてきた。

同じ夏、塀の向こう側で起きていた出来事は、また別の新たな物語となる。

八月は冷たい城

目次

第一章　砕けた夏

「──誰がやったんだ?」


空はゆるぎない青さで、風はなかった。

穏やかな午後。時間も止まっているかのような世界。

しかし、中庭にいる少年たちの顔はどれも一様にひきつり、強張っている。

「待てよ、光彦《てるひこ》」

腕組みをして少し離れたところに立っていた卓也《たくや》が声を掛ける。

「なんだよ、卓也」

光彦は、あえて少しだけ間を置いて彼の顔を見た。

「事故という可能性はないのか?」

「事故?」

思わず語気が荒くなる。

「これが事故だって?　本気で言っててんのか」

光彦は半ば怒り、半ばあきれ顔だった。

「本気だよ」

卓也は腕組みをしたまま、ほんの少し肩をすくめた。眼鏡の奥の目が、光彦に向かってこう言っているのが分かる。

ヨセ、テルヒコ。コトヲアラダテルナ。

「もういいよ」

地面に座り込み、石のベンチにもたれかかっていた幸正《ゆきまさ》が力なく呟《つぶや》いた。その顔は青ざめているというよりも、灰色がかった白に見える。盛夏の白昼だというのに、彼の顔を見ていると、肌に寒気を覚えるほど、体温が感じられなかった。

「大丈夫か、ユキ」

「大丈夫」

幸正のそばに立っていた大柄な耕介《こうすけ》がかがみこもうとするのを、幸正はかすかに手を上げて制した。身体の弱い彼は、それを補うためなのか反動なのか、負けん気は強かった。誰かに同情されたり、気を遣われたりするのをとても嫌がる。

「ユキは大丈夫だと言ってるぜ。で、どうする？　これ。片付けちまっていいのかな」

卓也が顎《あご》でそちらを示した。

光彦は、卓也の視線の先のものを一瞥《いちべつ》する。

「一応、証拠物件だし、とりあえず今日はこのままにしとこう」

「証拠物件、か」

光彦の返事をからかうように卓也が呟く。

「だけどさ」

卓也はちらっと光彦を見た。

「もし本当におまえの言うとおり、これを誰かが仕組んだんだとすれば、その理由はなんなんだ?」

理由。人は皆たずねる。なぜなのか。なぜこんなことをしたのか。どうしてだ。話してみろ。説明しろ。

人は皆、行動には理由があると思っている。人は誰でも、考えなし、動機なしに行動などしないのだと。

「それを知りたいんだ。どうしてここで?」

光彦は卓也を睨みつける。

そして、そこに立っている耕介と、座っている幸正に目をやる。

どうして僕たちなんだ？

「それって、俺らに聞いてるってことだよな？　当然、ここには俺たちしかいないんだから、誰かがやったってことは、俺らの中の誰かってことだもんな」

耕介が、彼独特の、ちょっと間延びしたような声で言った。

気まずい沈黙が下りる。

徐々に分かってきたことだが、耕介が一見のんびりしているように見えるのはこの声のせいだ。しかし、実際のところ、彼は見かけほどおっとりはしていない。身体能力も高いし、頭も相当に切れる。この喋り方、生来のものだろうが、少しポーズが入っているような気がするのは考えすぎだろうか。

「そうだよ」

光彦はそっけなく答えた。

「じゃあ、おまえも入ってるってことだよな？」

耕介がねっとりした目つきで光彦を見る。

光彦はムッとするのと、ぐっと詰まるのと、両方で表情を硬くした。

「光彦の仕業だとしたら、話としては面白いけどね」

卓也が皮肉を込めて笑ったので、光彦は頷《うなず》いた。

「もちろん、それは否定しないさ。ただ、僕は自分がやってないことは知ってるよ」

「なら、俺もそうだ」

「俺も」

光彦の返事にかぶせるように、卓也と耕介が続ける。

ちょっと間があって、みんながなんとなく幸正を見た。

「ユキは否定しないのか？」

耕介が尋ねると、幸正は疲れたように笑った。

「どうでもいいよ。誰がやったんでも構わないけど、もうちょっと心穏やかに過ごさせてほしいな。だって、ほら、僕ら、じきにみなしごになるんだからさ」

みんなが幸正の言葉に、かすかにぴくっと反応するのが分かった。

「あ、みなしごになるのは僕だけか。ごめんごめん。みんなはまだどっちか残ってるんだよね」

幸正はあどけない顔を歪《ゆが》めて低く笑った。

承知してはいても、やはりそのことを口に出されると、誰もが少なからず動揺せずにはいられない。少年たちがここに集まっている理由。夏の時間を一緒に過ごす理由。

それは、もうすぐ訪れる家族の死という冷徹な事実だ。そのために彼らは結び付けられ、同じ時間を過ごし、この場所に繋ぎとめられている。

しかし、その時、光彦は何か別のことに気を取られていた。

今、幸正は何と言った？　何かが心に引っかかったのだけど——僕ら、じきにみなしごになるんだから——いや、この台詞《せりふ》じゃない。その前だろうか。

「そりゃそうだよなあ。ただでさえ、ここにいること自体そんなに楽しいもんじゃないのに」

耕介がぽつんと呟いた。

その本音らしき声の響きに、光彦は胸を突かれたような気がした。

そうだ。僕たちはいたくてここにいるんじゃない。なのにどうして、こんな余計な不安を抱え込まなけりゃならないんだろう。

その時、ずっと止まっていた風がふうっと中庭を吹き抜け、少年たちの頬《ほお》を撫《な》でていった。午後の太陽の熱気を帯びたその一陣の風は、凍り付いていた時間まで溶かすような、ハッとする熱さを持っていた。

と、なんとなくみんなが動き出した。誰かが一時停止ボタンを解除したかのように、空気がほどけたようだった。

「ねえ、考えてみれば、僕たち以外にも、ここに自由に出入りできる人がもう一人いるじゃない？」

幸正がふと思いついたように顔を上げた。

「え？」

みんながその声に振り返る。

「ほら、そいつさ」

幸正が、地面に目をやる。

さっきまさに、彼の命を奪いかねない目に遭わせたものがそこにある。

「──まさか」

光彦は、引きつった声を上げた。

他の二人も、動きを止めてそれに見入った。

地面の上に無残に放り出され、あちこちが砕けてひび割れた石の彫刻。

それは、ここ夏流《かなし》という土地の、あらゆる意味での象徴──誰もが心の底で意識し、思い浮かべる対象であろう、「夏の人」を模した彫像だった。

「まさか、『みどりおとこ』が？　幸正のやつ、本気で言ってたわけじゃないよな」

卓也が部屋に戻る道を歩きながら呟いた。

「うーん。冗談めかしてはいたけど」

光彦は煮え切らない声を出した。

「でも、僕らの中に犯人がいないんだとすると、可能性から外すわけにはいかない」

「マジかよ」

卓也が「信じられない」というように首を振った。

「それこそ、なんで『みどりおとこ』があんなことしなきゃならないんだ？　俺たちのこと脅《おど》してどうするんだよ？」

「さあ、そんなのわかんないよ――でも、卓也も認めるんだね？　僕たちが脅かされてるって」

卓也が絶句したので、光彦は密かに溜飲を下げた。

ここに着いて以来、何かがおかしいとずっと感じていた光彦は、たびたび卓也にそう訴えていたのだが、卓也はこれまでずっと取り合わなかったのだ。

「そりゃあさすがにちょっと——あれを見ちゃったらね」

卓也は渋々認める。

「だろ。仕掛けがあったのは間違いない。しかも、下手すると幸正が下敷きになってた」

ベンチの下に、縄が張ってあった。

一見、そうとは気付かないようになっていた。ベンチに腰掛け、ベンチの下に足を入れた時に、引っかかるようになっていた。足が引っかかって縄が引っ張られると、背後にある彫像が崩れ落ちてくる仕掛けだ。

あの時、耕介が幸正に向かって「ユキ、左に倒れろ！」と叫ばなかったら今ごろ——


「耕介の指示は的確だったな。あいつ、見た目、ドンくさそうなのに」

同じことを思い出していたらしく、卓也が呟いた。

確かに、あの時、耕介が言った言葉が「危ない」とか「避けろ」というものだったら、普通幸正は振り向くか前に立ち上がり、倒れてくる彫像にまともにぶつかっていただろう。耕介が「左に倒れろ！」と叫び、幸正がそれに従ったから、直撃を免《まぬが》れたのだ。

「あいつ、ドンくさくなんかないよ。あの喋り方だからのんびりして見えるけど、かなり鋭いんじゃないかな」

「ふうん」

卓也が思いがけないという表情で光彦を見た。

「おまえ、耕介が犯人だと思ってたのか？」

「えっ」

自分でも意外だったが、それが図星だと気付く。耕介に、見た目と中身にギャップがあると気付いた時から、なんとなくそうではないかと思っていたことに。

「そうか。そうかもしれない」

「だから、あそこでキツく出たんだな」

そうなのだ。光彦も、あんなふうに強く言い出すつもりはなかった。もう少し柔らかな言い方もあったろうし、後から一人ずつそれとなく聞いてみる方法もあったろう。

しかし、あの時、砕け散った彫像と青ざめて地面にへたりこむ幸正の顔を見たら、黙っていられなくなってしまったのだ。

「でも、幸正を助けたのは耕介だぜ。自分で仕掛けといて、わざわざ助けるか？」

卓也はもっともな疑問を口にした。

「うん、確かに」

光彦も頷く。

「もしかしたら、あいつの狙いは幸正じゃないのかもしれない。他の奴が座ることを期待してたのかも」

「おい、まさか」

卓也が光彦の顔を覗き込んだので、光彦は目を合わせる。

「毎日同じ場所にいると、なんとなく、いつも座る席って決まっちゃうよね」

「あそこの席にいつも座ってたのは――」

光彦は頷いた。

「そう、僕だ。あいつは、僕のことを狙っているのかもしれない。だから、幸正は助けたんだ」

卓也は混乱した表情になる。

「どうして？　おまえ、あいつに恨まれるような覚えでもあんの？」

「ないよ」

「だよな。第一、学校も違うし」

「うん。接点、ない」

「じゃあどうして？」

「分からない。だから不思議なんだよ」

光彦は独り言のように漏らしたが、その時、不意に閃いた。

「そうか。さっき、幸正の台詞に引っかかったんだけど、そのわけが分かったよ」

「幸正の台詞？　何か言ったっけ？」

「うん。あいつ、自分だけみなしごになるって言っただろ」

「ああ」

卓也は頷いてから、わずかに顔をしかめた。

「そうなんだな。あいつ、どっちもいなくなっちゃうんだ」

その意味するところを思い、二人は一瞬黙り込んだ。

が、光彦は努めて明るい声を出した。

「ああいうのって、なんて声掛けていいのか分からないよな。お互い様とも言えないし、慰めようにも慰められない」

「うん。で、何が引っかかったんだ？」

「あいつ、心穏やかに過ごさせてほしいなって言ったんだ。心穏やかに」

「それがどうして？」

「もしかして、さっきの罠を仕掛けた奴は、心穏やかに過ごしたくないんじゃないかなって気がしたんだ」

「耕介が？」

「耕介かどうかは分からない。見た目と結構違うって気付いてからどこかで疑ってたのは確かだけど、今は自信がなくなってきた。でも、ここにいるのって、結構キツイじゃん？」

「うん」

めったに素直にならない卓也だが、今度は素直に頷いた。

「だから、じりじり鐘が鳴るのを待ってるのが耐えらんない奴だっていると思うんだ。ただひたすら、その時を待ってるだけなんて、キツイ。だから、他のことで気を紛らわせようとしてるのかもしれない」

卓也は唸《うな》り声を上げた。

「かといって、彫像でぶっ殺すっていうのはあまりに物騒すぎだろ。そんなことしてなんになる？」

「うん、結局、話はそこに戻ってくるわけさ。どうしてここで、どうしてそんなことしなきゃならないのかって」

「なるほど。堂々巡りだな」

卓也は首をかしげた。

少しずつ、いつのまにか夕暮れが忍び寄っていた。

なんとなく、二人の少年は足を止め、空が赤みを帯びていくのをしばし眺めていた。

長閑《のどか》な、ゆったりと時間の流れる夏の午後。花が咲き乱れ、生き物が生命を謳歌《おうか》するこの真夏の午後に、彼らは尽きてゆく命を思いながらここで過ごさなければならないのだ。

「こんなに綺麗な場所で——こんなに明るい季節なのに、残酷だよなあ」

卓也の独り言を、光彦は聞き流す。

いったいいつからこんな習慣ができたのかは分からない。今世紀に入り、世界的な緑色感冒のパンデミックが収まってしばらく経った頃のことだという。

詳しいことはもはや誰も話題にせず、むしろ触れることはタブーになっていることは少年たちも知っている。ここ夏流城《かなしろ》が、そのタブーを一手に引き受けていることも。そして、自分たちがそのタブーの中で暮らしている当事者であることも分かっているのだ。

　だけど、こんなことを誰が予想していただろう。もうすぐ親がこの厚い壁の向こうで、緑色感冒で死ぬということだけでもそう簡単に受け入れられるような事実ではないのに、それを待つために集められたこの林間学校で、何者かが悪意を持って自分たちを脅かそうとしているなんて？

「まだ続くのかな。さっきのあれで、満足したと思うか？」

　卓也が尋ねる。

「さあね。こうして表ざたになったあと、どう出てくるか。やめるって線もあるけど、ますますエスカレートするかも」

「なあ、実は俺が犯人だとは思わないのか？　それって俺に対する牽制《けんせい》？」

　冗談めかしていう卓也に、光彦は苦笑した。

「正直、わかんないな。卓也はガキの頃から知ってるし、そうじゃないと思ってるけど」

　卓也は「くくっ」と笑った。

「だといいな。俺は、言いだしっぺのおまえが犯人かもしれないという説を捨ててないでおく」

今度は光彦が笑う番だった。こういうところは、幼馴染の卓也らしいところである。

「夕飯まで、どうする？」

光彦が尋ねると、卓也は小さく欠伸《あくび》をした。

「退屈だから、宿題でもするよ」

「退屈だからってのが凄いな」

「何もしないでいるっていうのも飽きるし、つらいもんだし」

言外の意味は、説明は不要だった。

「おまえは？」

「散歩でもする」

光彦はそう言って、二人は手を上げて別れた。と、歩き出して少しして「そうだ」

卓也が振り向く。

「何？」と光彦も振り返ると、卓也が声を張り上げた。

「もうひとつ、可能性があるだろ」

「なんの？」

「犯人だよ。嫌がらせをする奴」

「誰？」

「分かってるくせに。土塀の向こうだよ」

卓也はそちらに顎をしゃくった。

土塀の向こう。今のこの場所からは、雄々しく繁《しげ》った夏の木々に遮られて見えないけれど、そこにある厚い土塀。

「それこそ、まさかだろ。土塀を越えてくるって？」

光彦は両手を広げた。

「少なくとも、『みどりおとこ』よりは可能性があるんじゃないか？　昔、夜な夜な土塀を越えて会ってるうちに、子供ができちゃったって奴もいたらしいぜ」

「土塀を越えてわざわざ嫌がらせに来るって？」

「さっきのおまえの話じゃないけど、まともな精神状態でない奴もいるだろ？」

卓也はじっと光彦の目を見据えている。

が、つと目を逸らして言い添えた。

「今年、佐藤《さとう》蘇芳《すおう》も向こうに来てるんだってな」

光彦はぎくっとした。

いきなり、卓也の口からその名前を聞こうとは。

自分が激しく動揺していることに気付く。

まさか、卓也は気がついているのだろうか？

「らしいね。たいへんだよ、あのうちも」

光彦は、努めてさりげなく聞こえるように答えた。

「うん。じゃな。メシの時に」

卓也はくるりと背を向け、小さく手を振って去っていった。

その後ろ姿をしばらく見つめ、彼が遠くに見えなくなったことを確かめてから、光彦はそろそろと歩き出した。なんとなく、周囲に誰かがいるような気がして、何度も後ろを振り返る。

鬱蒼《うっそう》とした林の中を抜ける。

オレンジ色の木漏れ日《こもれび》が、肩や頭にチラチラと影を落としているのが心地よかった。

佐藤蘇芳。

彼女の静かな目、静かな声を思い浮かべる。

そう、彼女もこの夏、この夏の城に来ている。土塀の向こうで、他の少女たちと一緒に鐘が鳴るのを待っている。

ふと、視界の隅を白いものが過《よ》ぎった。

うねうねと林の中を抜けている小川に、白い花が流れていた。

ああ、また誰か逝った。

胸の奥が、鈍く痛んだ。

かつて誰かの子供だった誰か。もしかして、誰かの親だった誰か。その命が、花となって音もなく流れていく。

見ず知らずの誰かの命であってもこんなに痛みを感じるのに、これよりどれくらい大きな痛みに耐えなければならないのだろう。

光彦は、無意識のうちにシャツの胸元をぎゅっとつかんでいることに気付き、溜息をついて指の力を緩めた。

もう一度、辺りを見回し、誰かがいないか気配を探る。

用心してしばらく待ってから、ようやく彼は動き出した。小川の流れに沿って、更に歩きにくい林の中を進む。

やがて、古ぼけた土塀が見えてきた。その下を小川がくぐっていて、静かで意外に速い流れが土塀に吸い込まれていく。

誰にも知られてはならなかった。こんなことがバレたら大変だ。

光彦は、足元に注意しながら小川が吸い込まれる土塀に近付き、そっと耳を押し当てた。

土塀の向こうの気配を窺い、そっと声を掛ける。

「——そこにいるのかい、蘇芳?」

光彦と蘇芳は、何日かに一度、待ち合わせてこの場所にやってくる約束を交わしていたのだった。

第二章　蟷螂《とうろう》の斧

思えば、この夏は始まりからどことなく変だった。

あいつが光彦の前に現れた時から、既に、何かがおかしかった。

光彦は小さい頃からずっとあいつが苦手だった。みんなが知っているあいつ。みんなが讃《たた》えるあいつ。

あいつはいったい何者なんだ？

図画工作であいつの絵を描き、作文を書かされる度に思った。

そもそも、光彦はあいつが「夏の人」と呼ばれ、希望の象徴のように仰ぎ見られていることが納得できなかったのだ。

むろん、あいつが下校時に現れた時、ショックを受けなかったかと言えば嘘になる。

あいつが夏の城への招待状を渡すのは、必ず相手が一人になった時だというのは知っていた。

身内に緑色感冒の患者がいると、そういうことには敏感になるし、どこかで覚悟はできている。

だから、ぴょんぴょん飛び跳ねる独特の動きであいつが前方に現れた時、光彦は「ああ、やっぱりお母さんはもう助からないんだな」と真っ先に思ったし、その考えを比較的冷静に受け止めてもいた。

しかし、受け止めることと納得することとは別である。少し遅れて、冷たく苦い塊みたいなものを喉《のど》の奥に感じ、光彦は動揺した。それは今にもせり上がって彼の身体から飛び出しそうだった。自分が泣き叫びたいんだということを認めるのにしばらくかかり、そのことにショックを受けたのち、ようやく苦労してそれを喉の奥にごくんと飲み込んだ頃には、「みどりおとこ」はすぐ目の前までやってきていた。

一度目にしたら忘れられないビジュアルであるが、改めて間近に目にする「みどりおとこ」はやはりたいへんインパクトがあり、光彦はまじまじと全身を見回さずにはいられなかった。

髪も肌も、それこそ輝くような見事な緑色だ。長身で彫りの深い顔立ち。何よりギョロ目で白眼の部分が目立つ。

子供の頃から語られてきたその不思議な姿の人物は、光彦の不躾《ぶしつけ》な視線に気を悪くする様子もなく口を開いた。

「あんた、嘉納《かのう》光彦ね？」

甲高い声で単刀直入に確認する。

「そうだけど」

光彦はぶっきらぼうに答えた。

「そっちが捜してる嘉納光彦かどうかは分からないよ」

「確かに」

「みどりおとこ」はあっさりと頷いた。

「きちんと確かめなくちゃね。同姓同名かもしれないし。あんた、お母さんがお城に入院している嘉納光彦ね？」

光彦はぐっと詰まった。また喉の奥に冷たい塊を感じたが、必死にそれを飲み込む。

「そうだけど」

「じゃあ、間違いないわ。これを」

「みどりおとこ」は緑色の封筒を取り出し、光彦に向かって差し出した。

特徴ある字で表に「嘉納光彦様」と書かれている。

これは誰が書いているんだろう。こいつだろうか。これはこいつの字ってこと？

光彦は怒ったような顔でその封筒をじっと見つめていたが、受け取ろうとはしなかった。

ひたと「みどりおとこ」を睨みつける。

「これを受け取らなかったらどうなるの？」

「どうもならないわ」

「みどりおとこ」はこれまたあっさりと答えた。

「あんたは大切な人を見送る機会を失うだけよ」

光彦はびくりと身体を震わせた。

見送る。お母さんを。もうずっと会っていないお母さんを。

緑色感冒患者に会わせてもらえないのは、発症し、病気が進行すると姿が変わってしまうだけでなく、なぜか近親者に対する感染力が他人に比べてとても高くなるからだ。特に子供は、同じ部屋にいるだけで罹患率が跳ね上がる。だから隔離されたお城への招待という、回りくどい手段をとる習慣ができたらしい。

光彦はいつのまにか、おずおずと緑色の封筒に向かって手を伸ばしていた。

封筒に手を触れた瞬間。

突然、奇妙な考えが降ってきた。

でも、本当にそれだけなんだろうか——僕たちがお城に行く理由は、そのためだけなのだろうか？

光彦は封筒を手にしたまま棒立ちになった。

なんだ、今のは。

なぜかきょろきょろと周囲を見回してしまう。

「みどりおとこ」はそんな光彦の様子をじっと見ていたが、ぼそりと呟いた。

「あんた、危ないわね」

「え？」

光彦はきょとんとして「みどりおとこ」を見上げた。

「気を付けないと、カマキリに喰われちゃうわよ」

「はあ？」

ますますきょとんとしている光彦に向かって、「みどりおとこ」は奇妙なポーズを取ってみせた。

ガラス玉のような目は、恐ろしく無感情だった。

肘《ひじ》を曲げた状態で手をだらりと下げ、ぶるんと振ってみせる。

光彦はゾッとした。

カマキリの斧。

「みどりおとこ」はそれを模して、両手を振ったのだ。全身緑色の「みどりおとこ」がそうしているところは、まさに緑色のカマキリのよう。

何を考えているんだ。僕を脅してるんだろうか？

凍りついたように立ち尽くす光彦にくるりと背を向け、「みどりおとこ」はぴょんぴょんと跳ねていく。

あの独特の歩き方は、緑色感冒の後遺症だと聞いたことがあった。脳の運動機能を司るところに影響して、普通にまっすぐ歩けなくなってしまったのだという。

しかし、光彦には、その歩き方すらもカマキリに見えて仕方がなかった。

あいつはいったい何者なんだ。

封筒をぐしゃりと握りしめ、光彦は姿が見えなくなるまで「みどりおとこ」を目で追い続けていた。

「――光彦、まだそんなこと考えてるの？」

佐藤蘇芳は半ばあきれ、半ば不安そうな顔で光彦を振り返った。

「だって、あいつ、僕を脅したんだぜ？」

光彦は不満そうに蘇芳の顔を見返した。

「しっ」

蘇芳は口の前に人差し指を立て、そっと周囲を見回した。

市立図書館の、一階の外れ。奥まったところにある閲覧コーナーである。

二人は、子供の頃から大勢いるいとこの中でもうまが合った。

家がそう遠くないこともあって、しばしば、下校途中にこの場所でとりとめのないおしゃべりをして時間を過ごしてきたのだ。

医療関係者である二人の親が、どちらも緑色感冒で隔離されているという共通点も大きかったのは確かだ。同じ境遇の子供でないとできない話も、二人でならできたからだ。

光彦の「夏の人」――すなわち、あの「みどりおとこ」に対する違和感も、蘇芳にだけは幼い頃から打ち明けていたのだ。

「ぜったいおかしいよ。きっとあいつ、世間で言われているような英雄なんかじゃない」

招待状を受け取った翌日。

夏流という特殊な地域では、誰が招待状を受け取ったかは、数日も経てばどこからともなく伝わってしまう。

蘇芳も招待状を受け取ったというのも、その日のうちに父親から光彦に知らされていた。きっとこのことについて話し合いたいだろうと思い、放課後に図書館にやってきたら、案の定、蘇芳は閲覧室の開け放した窓のところにぼんやり佇《たたず》んで光彦を待っていた。

「やあ」

「もうすぐ夏休みね」

二人は言葉少なに挨拶をした。何も言わなくとも、互いの目を見たとたん、どんな気分でいるかは理解していた。

「お城、行くんだろ？」

「まあね。今年は人数は少ないみたいだけど、何も知らされてない子が一人いて、頭が痛いわ」

蘇芳はかすかに顔をしかめた。

誰が見ても同年代の中では頭抜けてしっかりしている蘇芳のことである。子供たちだけで過ごすお城では、自然とリーダー役を任されるだろう。「何も知らされてない子」については、前に蘇芳から少しだけ話を聞いていた。季節外れに転校してきた上に、父親が緑色感冒に侵されていることを知らず、周囲も母親から口止めされているという。

「知らないことがいいことなのか分からないわ。むしろ、あの子を見てると残酷なことなんじゃないかって思う」

蘇芳はそんなふうに話していたっけ。

「例の子だね。いい子なの？」

光彦は蘇芳の隣に立つと、窓から吹き込む風に目を細めた。

「うん。いい子なの。だから、余計につらいわ」

「教えてあげたら？」

「でも、小さい頃に両親が離婚してるから、ほとんど父親に関する記憶がないの。光彦ならどうする？　どう思う？　あまり覚えてない父親のこと、説明してあげる？」

蘇芳が真顔で聞いてくる。

その真剣な目つきから、本当に悩んでいるのだと気付いた。生半可な気休めは言えない。

「どうだろう」

光彦は考え込む。

想像もできなかった。光彦には子供の頃からの両親の記憶がちゃんとあるし、母が入院するのだと聞かされて、実際に家の中から母親が消えた時の喪失感は今も痛いくらいに鮮やかな記憶だ。そういう記憶が一切ないのだとしたら。哀しい経験もなく、穏やかな日常を過ごしているのだとしたら。

「どうだろう——知らないほうがいいかもね」

迷いながら答えると、蘇芳も「でしょ」と溜息をついた。

ふと、思いついて光彦は顔を上げた。

「しかもさ、ひょっとすると、その子、緑色感冒のこと自体知らなかったりするんじゃないの?」

「そのとおり」

蘇芳は大きく頷き、もう一度深く溜息をついた。

光彦も最近になって知ったのだが、世間的には実はもう緑色感冒のパンデミックは過去のことで、患者が激減し、封じ込めが成功したとみなされていることで徐々に忘れられているという。ここ十数年の風潮としては、むしろタブー視されて、患者のことは極力口にしないのが一般的だというのだ。

逆に言えば、ここ夏流では、そのタブーを一手に引き受けているともいえる。患者の隔離。患者の治療。患者の家族に対するケア。病気に関する研究。このような場所は、世界中に何ヵ所もあって、どこも似たような状況だそうだ。

夏流にとっては日常で、いつもどこかで緑色感冒の影を感じているというのに。

脳裏に、ぴょんぴょんと飛び跳ねるあいつの姿が蘇った。

それはもちろん、あいつの姿を身近に目にしていることもあるのだろうが。

「あいつみたいなサバイバーって、どのくらいいるのかな」

「世界中にってこと？」

「うん。だって、日本にはあいつしかいないんだろう？」

「さあね。本当は日本にも他に数人いるみたいだけど、『夏の人』みたいに表立って活動してないだけじゃない？　世界中だったら、もっと沢山いるそうよ。緑色感冒についで語る活動もしてるって」

「ふうん」

二人は黙り込んだ。

窓から吹き込む風は爽やかで、明るい夏の午後はゆったりとして眠たげだ。こうしていると、お城のこと、そこで死にかけている親のことなど遠いまぼろしのようにしか思えない。

「そもそもさ、なんだってまたこんな面倒くさいことしなきゃなんないんだ？」

光彦は天井を見上げた。

「面倒くさいことって？」

蘇芳が聞き返す。

彼女の顔は逆光になってよく見えなかった。

「わざわざ夏休みに、子供たちだけ集まって、あいつに先導されて、あいつにお城につれてかれて、閉じ込められに行くんだぜ？　確かにいつ亡くなるか分からないからそばで待機するっていうのは分かるよ。だけど、それはどこにいたって同じだ。現に、夏流の市街地とあのお城は、そんなにめちゃめちゃ遠いってわけでもない。夜中だって明け方だって、電話で連絡してもらって車で駆けつければいい。どのみち、僕たちは親に会えるわけじゃない。意識の混濁が始まっていれば、僕たちの姿を見られるかどうかも分からない。親だって、それでも、わざわざあの城に行く理由は？」

蘇芳が首をかしげるのが分かった。

「受け入れるためじゃないの？」

静かな声が聞こえる。

「受け入れる？」

光彦が繰り返すと、逆光の中の蘇芳の横顔が頷いた。

「そうよ、あたしたちは親の死に目に会えない。会わせてもらえない。亡くなったら遺体は病理解剖に回され、研究に使われ、外に出ることなく焼却される。でも、それって、よく考えたら怖いことだわ」

蘇芳が、言葉だけでなく、ぶるっと身体を震わせるのを感じた。

こんなに暖かい午後なのに、ふと、一瞬冷たいものが肌をかすめる。

「だって、親がこの世からいなくなった、死んでしまったということをどうやって実感するの？　どうやって確認するの？　どうすれば納得できる？　もしかして、まだどこかで生きてるんじゃないかって思うかもしれない。死んでなんかいないって思い続けるかもしれない。それっていいことなのかしら？　ううん、苦しいと思う。家族が行方不明のままで捜し続けている人の話を本で読んだことがある。そういう人たちは、みんな苦しんでいた。だから、やっぱり受け入れるための儀式が必要なんじゃないのかな」

蘇芳にしては珍しく、声に複雑な怒りに似たものがこめられていたので、光彦は圧倒された。

「そうかな」

受け入れる。母親の死を。

それは、近い将来に迫っているはずなのに、光彦にとってまだまだ遠い、関係ない世界のように思えた。

「それでも、やっぱりあいつのことは買いかぶりだと思うよ」

光彦は気を取り直して言った。

「確かにサバイバーであることは凄いんだろうけど、なんであいつ、あんな格好してるんだよ。あれってあいつの趣味？　それとも『夏の人』の制服なわけ？」

ぶつぶつ光彦が呟くと、蘇芳が噴き出した。

「確かに、その点だけは同意する。あの趣味はあんまりよね」

「だろ？　おとぎ話から抜け出してきたようなカッコじゃん」

「もしかして、彼は彼なりに演じてるんじゃないの、『夏の人』を」

「家ではどんなカッコしてるんだろ」

「案外、ジャージ姿とかね」

想像するとおかしくなり、二人で声を出して笑った。ようやく、肌寒さが消えたような気がする。

「緑色感冒にかかると姿が変わるっていうことは、あいつ、病気になる前はああいう顔じゃなかったってこと？　前はどんな姿だったんだろ」

蘇芳がハッとした。

「そうね。考えてみたこともなかった。すっかりあれを見慣れてるから」

「姿が変わる変わるって聞いてるけど、実際に見たことないよね。写真も公開されてないし」

「確かに」

「性格なんかも変わっちゃうのかな。元からああいう性格だったのかなあ」

常識的に見て、変わった性格のような気がする。とらえどころがなく、あっけらかんとして、ちょっと意地悪だ。

「それにあいつ、なんかおかしなこと言ってた。僕に向かって、あんた危ないとかなんとか。気をつけないと、カマキリに喰われちゃうぞって」

「カマキリ?」

蘇芳が聞きとがめた。

「カマキリに喰われる?『夏の人』がそう言ったの?」

その声は真剣だった。蘇芳は決して「みどりおとこ」のことを「夏の人」以外の呼び方では呼ばない。

「うん。こーんな、カマキリみたいなポーズでさ。全身緑色だから、そのまんまカマキリみたいだった。

光彦は真似してみせた。正直いって、怖かった」

「ふうん」

蘇芳はじっと何かを考えていた。

「それがどうしたの?」

なんだか不安になり、光彦は恐る恐る聞いてみた。

気を付けないと、カマキリに喰われちゃうわよ。

あの甲高い声が脳裏に蘇る。

「えーと、変な噂を聞いたことがあるの。あのお城の辺りだけ、とても珍しいカマキリがいるって」

「珍しいって、どういうふうに？」

「花を食べるんだって」

「花？　ハナカマキリっていうのがいるけど、それのこと？」

「ううん、違う。ハナカマキリっていうのは、花に擬態する、花びらに似せた姿をしてるカマキリのことよ。だけど、あのお城のところにいるのは、本当に花を食べるんだって。こうして斧で花を摘み取るようにするんで、片方の斧がもう片方より少し長いらしいの」

　蘇芳は手首を返して、何かを払うようにした。

　その動きが、「みどりおとこ」の手の動きに重なり、光彦はなぜかゾッとした。

「見たことあるの？」

「ううん。それに、そのカマキリ、男子のほうにしかいないみたいよ。これまで男の子しか見たことがないって」

「そんなことってあるかな。たいして広くない場所じゃない。土塀はあるけどさ」

「だから、あくまでも噂だってば。誰かが作った話かもしれない。カマキリの生息域ってそんなに広くないみたいよ。そういう特殊な種類だったら、もともと数が少ないし、あまり遠くまで行かないんじゃない？」

「初めて聞いたな、そんな話」

「あたしもずいぶん前に聞いて、久しぶりに思い出した。誰に聞いたのかなあ。うーん、うちの親じゃないし」

なんだか気味が悪い。

光彦は、明るい陽射しの中で、またしても肌寒さを覚えた。

なぜか目の前に、月光の下で花を斧で刈り取っているカマキリの姿が繰り返し浮かび、なかなかそのイメージが消えてくれなかったのだ。

第三章　四人の少年

そして、その日がやってきたのだ。

明るくて退屈な、ある晴れた日の夏の朝、光彦は列車に乗った。この陰鬱なイベントに参加する朝も、世界は普通に動いている。

蘇芳に聞いたところ、女子が来るのは午後らしい。

案内するのは「夏の人」だから、午前の部と午後の部と二回に分けているのだろう。

長閑《のどか》な田園風景の中を列車に揺られながら、光彦はぼんやりと本のページを見つめていた。さっきから全く活字が頭に入ってこない。すべてが他人事《ひとごと》のようで、目の前に流れる風景も、自分が目にしているものとは思えないのだ。

列車が止まった。

光彦はハッとした。当然のように扉が開き、外では一面に青く力強い稲が揺れている。

下りなきゃ。

のろのろと立ち上がった。

こんな何もないところで列車が止まったというのに、他の乗客は何も不思議に思っていないように見える。単なる時間調整だと思っているのだろうか。だけど、ホームもないのに扉は開いている。そのことを不審に思わないのか？

それとも、みんな知っていて知らないふりをしているのか？

そう考えると、少し体温が下がったような気がした。

大人はみんな知っている——夏流の大人たちは、何かを隠しているのではないだろうか？

そんな直感に打たれて、光彦は扉のところで棒立ちになった。

いったい何を？

と、誰かがひらりと飛び降りるのが視界の隅に見えた。小柄で華奢な少年。

慌てて、光彦も先にカバンを投げ、続いて飛び降りた。草地がクッションになったものの、意外に高さがあってちょっとヒヤリとする。

左右を見回すと、離れたところで同じく列車から飛び降りて、起き上がる影が二つあった。

あれ？

そのうちの一人に見覚えがあることに気付く。

卓也？　大橋《おおはし》卓也じゃないか？

光彦は思わず小さく叫び声を上げた。

大橋卓也は近所に住んでいた幼馴染だったが、小学校高学年の時に両親が離婚して、おばあさんのところに引っ越していたのだ。会うのは二年ぶりくらいになるだろうか。

あいつもお城に招待されていたなんて。

久しぶりに会えるのは嬉しかったが、再会を喜ぶべき状況なのかどうか考えると、複雑な心境だった。

が、向こうも光彦に気付いた。

「光彦！」

大きく手を振ってくる様子は屈託がなく、光彦はなんとなくホッとした。笑って手を振り返す。

他の二人は、びっくりしたようにこちらを見る。と、同時に後ろで列車の扉が閉まり、何事もなかったかのように列車が動き出した。

四人の少年を田圃《たんぼ》の中に残し、徐々にスピードを上げて見る見るうちに小さくなっていく。

置いていかれた。

不意に、そんな不安を覚えて、光彦は遠ざかる列車を見送っていたが、やがてその姿も見えなくなった。

後には、さやさやと稲の海を渡る風と、遠くにとんびの声がするだけだ。

四人は、なんとなく一ヵ所に集まってきた。

互いの様子を探るように頷きあい、口の中でもごもごと挨拶をする。

真っ先に飛び降りた小柄な少年は、女の子みたいに綺麗な顔をしていた。色白で、どことなく家の中で飼われている小動物を連想させる。チワワとか、ハムスターとか。

もう一人、のっそりと大股で歩いてきたのはがっしりした身体の大柄な少年だ。やや垂れ目のせいか、おっとりした印象を与える。先の小柄な少年に並ぶと、頭ひとつ違う。

そして、卓也だ。最後に会った時より背が伸びて、たくましくなったようだ。近視なのか、以前はしていなかった眼鏡を掛けている。

「卓也、久しぶり」

光彦は手を挙げて挨拶した。

「まさかここで一緒になるとはな」

「君ら、知り合いなの？」

小柄な少年が卓也と光彦を交互に見た。

「うん。幼馴染なんだ。俺が引っ越しちゃったもんで、会うのは久しぶりだけど」

卓也が答え、光彦と顔を見合わせた。

「二年ぶりくらいかな？」

「それくらいだな」

「ふうん。すごい偶然だね」

小柄な少年は醒《さ》めた顔で呟いた。

見た目は小動物だが、どうやら中身は結構鼻っ柱が強いようである。

「お迎えはまだなのかなあ」

大柄な少年が、間延びした口調で周囲を見回した。

こいつ、ちょっとトロそう。光彦はそののんびりした声からそう感じた。

「あれじゃないか」

卓也が遠くの一点を指差した。

明るい陽射しの下、誰かが田圃の向こうからやってくるのが見えた。見間違えようのない、緑色の人物。

なるほど、確かにこうして見ると、あれは紛れもなく「夏の人」だな。そうとしか言いようのない姿だ。

光彦はそんなことを考えた。小さな旗を持って、こちらにやってくる「みどりおとこ」。

「なんだよ、あの旗は。添乗員かよ」

小柄な少年があきれたように呟いた。鼻っ柱が強いだけでなく、些《いささ》かシニカルな性格でもあるらしい。

ぽかんとして眺めているうちに、「みどりおとこ」は十メートルほど近くまでやってくるとピタリと足を止め、少年たちに向かってくいっと顎を動かしてみせた。

「ほら、ぼけっとしてないで、行くわよ」

そう言い捨てると、くるりと背を向けて、来た方角にさっさと歩き始める。

少年たちは慌てて後ろについていった。

なんだ、「みどりおとこ」は普通にも歩けるんだな。しかも、結構歩くの、速いじゃん。背が高いんだから当然と言えば当然か。

光彦は内心そう呟きながら、早足で歩いていった。

一列になってついていくのが精一杯で、いつしか光彦は息切れしていた。

タフだな、「みどりおとこ」。

小高い丘を越え、雑木林に入る。

それまで遮るもののない明るい田圃の中を歩いていただけに、一瞬真っ暗になって辺りが見えなかった。

うん？

光彦は身体が強張るのを感じた。

なんだろう、これは。

目を慣らそうと瞬きをするが、かすかな木漏れ日にばかり目がいって、林の中の様子はよく見えない。

視線を感じる――誰かが見ている。そんな気がしたのだ。

きょろきょろしていたが、結局、目が慣れないうちに雑木林を出てしまい、林の中に誰かがいたのか、本当に誰かに見られていたのかは分からなかった。

丘を下りると、そこは広い川べりだった。

水量は多く、水は濃い碧色《みどり》をしている。流れはゆっくりで、底は見えなかった。

「みどりおとこ」は一目散に小さな船着場に向かい、古いボートに乗り込んだ。もちろん、少年たちも続く。

「みどりおとこ」は無言でボートを漕ぎ始めた。

船着場を離れると、いよいよ引き返すことができないという実感が湧いてくる。

ふと、光彦は、午後に蘇芳たちとやってくるという、何も夏流の事情を知らない、緑色感冒のことすら知らない女の子のことを思い浮かべた。

何も知らないで、こんなところにやってきたら、さぞかし戸惑うだろうな。蘇芳もたいへんだ。いったいどうやってごまかすのだろう。

光彦は、その女の子にも、蘇芳にも同情した。

ボートはゆっくりと、しかし着実に進んでいく。

「みどりおとこ」がボートを漕ぐ、ぎい、ぎい、という音だけが辺りに響き渡っていた。

四人の少年たちも、無言だった。

互いの顔を見ようともせずに、じっと水面や膝《ひざ》に目を落としている。

卓也と話したいことはいろいろあったが、なんとなくボートの中で会話をする気にはなれなかった。

前方に、こんもりとした緑色の丘が見えてきた。

あそこか。

話にはさんざん聞いてきたが、実際に目にするのは初めてだった。

あそこで過ごすのだ。いたたまれない、ひたすら待つだけの時間を。

光彦は、叫び出したいような衝動に駆られた。

割れんばかりの声を振り絞り、「あんなところ行きたくない」と叫びたい。

「――行きたくないな、あんなとこ」

まるで、光彦の心を読み取ったかのように、隣に座っていた小柄な少年が吐き捨てるように呟いた。

光彦は思わず彼の顔を見る。

る。

少年は、無表情だった。

「みどりおとこ」は聞こえているのかいないのか、ボートを漕ぐことに専念している。

「あれがお城のあるところなんだな」

大柄な少年が、やはりどこか間延びした口調で言った。

「ちっとも建物が見えないけど、どこにあるんだ？」

「お城と言っても、シンデレラ城みたいなのとか、天守閣みたいなのを想像しちゃダメだよ」

小柄な少年が不機嫌そうな声で呟く。

「え、違うの？　みんながお城お城って言うから、おっきな建物をイメージしてたんだけどな」

大柄な少年は、一拍置いてから驚いた顔をした。

やっぱり、こいつ、ちょっと鈍い。

小柄な少年は首を振った。

「違う。城っていうより、古代遺跡みたい。平べったい石造りの建物が丘に沿って並んでるだけ。ほとんどが平屋建てだ。壁も屋根もツタが覆ってて、ほとんど丘と一体化してる。特に、夏のこの時期はね」

その口ぶりに、誰もが同じ疑問を抱いたようだ。

「おまえ、来たことがあるのか？」

卓也が少年の顔を覗き込んだ。

「ああ。前にも一度、ね」

少年は歪んだ笑みを浮かべる。

前にも一度来た。つまり、同じ体験を彼は過去にしているということだ。

光彦は蘇芳の顔を思い浮かべた。蘇芳も二度目だ。つまり、家族を二度失うことを意味している。

再び、みんなは黙り込んでしまった。

ボートは丘に近付き、「みどりおとこ」は慣れた手つきで向こう岸の船着場に寄せた。

「はい、下りて下りて」

少年たちを急きたてて、「みどりおとこ」は再び歩き出した。

でこぼこした岩山が聳《そび》えているが、高い塀に囲まれて何も見えない。古い土塀は見渡す限りどこまでも続いている。

「——まるで刑務所みたいだろ?」

小柄な少年が光彦に向かって囁《ささや》いた。

「確かに」

光彦も同意する。

「僕らもここで隔離されるってわけさ」

その目は昏く光っているように見える。

「どうして?」

光彦は声を潜《ひそ》め、聞き返した。

「分からない。だけど、変だよね。わざわざこうして、患者の家族がこんなところに閉じ込められるなんて」

少年の乾いた声は、光彦の不安を増幅させた。

さっき雑木林で感じた視線。肌を刺すような何か。

「はいはい、そこ、無駄口叩かずに早く通る」

「みどりおとこ」がこちらを見ていた。

光彦たちは肩をすくめ、「みどりおとこ」が立っている門のところに急ぐ。

塀の向こうにあるのも塀だ。しかも、その塀とのあいだに幅の広いお濠《ほり》がある。幅が広いだけでなく、結構深い。

そこに、小さな木の橋が渡してある。

欄干はあるが、載せてあるだけの簡単な古い橋だった。地面に引きずった痕があるところを見ると、動かせるようだ。どちらかの岸に橋を引っ張ってしまえば、渡ることはできない。

少年の言った「隔離」という単語が頭に大きく浮かんでくる。

もちろん、このお城は病棟でもあるわけだから、緑色感冒の感染防止のために、市街地から離して厳重に囲い込みが為されていることは知っている。封じ込めはしたものの、今なお強い感染力があるという話を聞いたこともある。これはそのための措置なのだろう。

しかし、分かってはいても、こうして橋を外せるお濠を越えるとなると、得体の知れない不安を感じるなと言っても無理だ。どう考えても、ここからおいそれと出ていけそうにない。

最後の門の鍵を開けた「みどりおとこ」に続いて門をくぐると、そこでやっと開けたところに出た。

ふわりと甘い匂いのする風を身体に感じる。

そこは広い庭のようになっていて、正面にツタに覆われた低い建物が見えた。石造りで屋根も低い。大きな茂みがあり、小さな白い花がぽつぽつと咲いていた。その向こう側は見えないけれど、そちらにも広い空間が広がっている気配がある。

「ようこそ、夏のお城へ」

「みどりおとこ」はおおげさなポーズでお辞儀をしてみせた。

「ごゆっくり。中の様子は、あんたが知ってるわね？」

「みどりおとこ」は小柄な少年に目をやった。

「一応は」

少年は硬い声で認めた。

「じゃあ、中に入って。分からないことがあったら、食堂に規則本があるからそれを見るように。食料は、二日に一度差し入れるわ。何か必要なものがあったらメモを」

どうやら、「みどりおとこ」は一緒に中には入らないようだ。

そうか、女子も迎えに行かなきゃならないんだもんな。

腕時計を見ると、列車を下りてからもう二時間近くが経っている。

光彦は、さっさと引き返していく「みどりおとこ」を見送った。

「みどりおとこ」はたった今入ってきた門から出ると、バタンと扉を閉めた。向こう側でガチャリと鍵を掛ける音がやけに大きく響く。

なんとなく思わず振り向いた光彦はギョッとした。

通常、門というのは、中に入ってからかんぬきを掛けたりして、鍵を掛けるものだ。しかし、この門には内側には何も付いていない。

「えっ。これって――この門って」

光彦は思わず門に走り寄って押してみた。びくともしない、頑丈な門扉である。

「だから、言ったろ」

すっかり耳慣れた、醒めた声がした。

「ここの門は、内側からは開けられないんだよ」

声と同じく、醒めた表情の少年が光彦を見ている。光彦は混乱した。

「でも、何かあったらどうするんだ？」

「何かって？」

大柄な少年がのんびり尋ねる。

「いや、分からないけど、事故とかあって、ここを出なきゃならない状況になるかもしれないだろ？」

光彦が口ごもると、小柄な少年が薄く笑った。

「だからさ、そういう場合は想定されてないんだよ。僕らは、自分の意志ではここから出られないのさ」

「そんな」

光彦は絶句してしまった。

「ま、さすがに事故でもあったら、誰か大人が来るだろ。中に入ろうよ」

小柄な少年は、すたすたと歩き出すと目の前の建物の木の扉を開けた。重たそうに見えた扉は、あっさりと開いた。

こちらには鍵が掛かっていない。

中に入ると、薄暗いものの空気は乾いていて、きちんと掃除されているようだった。

そこは広い土間で、奥のほうに階段がある。

大きな窓が開け放してあって、そこから爽やかな風が吹き込んでいた。四角く切り取られた外の風景が眩しい。

夏にしか使わないためか、至って開放的な造りである。

「どこが俺たちの住む部屋になるんだろう」

卓也が奥のほうを見上げた。丘の斜面に沿って建物が造られているせいで、中は少しずつ上がっていくようになっている。

「ずっと登っていくと回廊に出て、その先だよ」

小柄な少年は勝手知ったる様子で階段を上がっていく。

「ふうん」

他の三人は、初めて入るお城の中をきょろきょろと見回していた。

洋風でもあり、和風でもあり。ちょっと浮世離れした雰囲気のある場所である。


「なんだ、これ」


突然、鋭い声が降ってきた。

「何が？」

三人はぞろぞろと階段を上がっていく。

階段を上がったところに受付のような広い部屋があった。

そこの真ん中に木のカウンターがあり、小柄な少年はその前で棒立ちになっている。

「何かした？」

他の三人は少年の脇に立ち、彼が見ているものに気付き、凍りついた。

ひまわりの花。

カウンターの上に並べてあったのは、首のところをぽっきりと切りとられた、大きなひまわりの花だった。少し枯れかけていて、黄色い花弁のところどころが茶色く縮まっている。

四つのひまわりの花がきちんと等間隔に並べられているところは、まるで生首が並んでいるようだった。

「なんだ、これ」

「歓迎の挨拶か？　あるいは、歓迎されてない挨拶か？」

小柄な少年が呟く。

「四つ——俺たちの人数だ。分かってて？」

卓也が首をかしげる。

「俺たちの他に、誰か先に来てたのかな？」

大柄な少年が、こんな状況なのに、やはり間延びした声でそう言うと辺りを見回した。

「まさか。僕たちだけのはずだ」

小柄な少年はゆっくりと首を振った。

「じゃあ、誰が？」

光彦は、自分がそう言うのを他人の声のように聞いていた。

階段の下から吹き上げてくる風が、カウンターの上に並んだひまわりの花弁を、カサカサと動かしている。

第四章　花の影

そんなふうにして、不穏な幕開けから彼らの「夏の城」での生活は始まった。

むろん、誰がひまわりの花を並べておいたのかは分からない。

気味が悪かったので、すぐに捨ててしまったが、あの生首が並んでいるような印象は、各人の中にしっかり焼きついてしまっていた。

光彦が、「誰かが隠れてるかもしれないから、中を見て回ろう」と提案すると、みんながすぐに承知したのも、そのせいだったろう。

だが、中は結構広い。なだらかな丘陵に沿って建物が点在し、死角も多い。もし誰かが隠れていたとしても、四人が一緒に動き回ったら、少しずつ隠れる場所を変えればバレないのではないか。二手に分かれよう、と提案したのは小柄な少年——丹羽《にわ》幸正だった。

嘉納光彦が幼馴染の大橋卓也と組み、丹羽幸正が大柄でおっとりした唯野《ただの》耕介と組んだのは、自然ななりゆきだった。

「考えてみれば、結構ここ、無防備だよな。開放的な造りだし」

卓也がおっかなびっくり、といった様子で辺りを見回した。

さやさやと吹き抜ける風。明るい夏の午後なのに、どこかひんやりとしたものを感じるのは気のせいだろうか。

「うん。でも、あれだけ何重にも外部から遮断されてるってことは、この中に誰もいなければ、侵入もできないってことになる」

「じゃあ、もし誰もいなければ、あのひまわりは、やっぱ、単に歓迎の印ってことか？　ここを準備したスタッフが並べておいたわけ？　些か趣味は悪いけど」

「かもね」

光彦には、あれがスタッフの用意したものだとは思えなかった。

あんな、これみよがしに置かれた、悪意に満ちた夏の花。あれが歓迎の挨拶だなんて。

敷地内を歩き回ってみたが、一目で誰もいないと見て取れた。物置小屋やボート小屋も覗いてみたが、どこもがらんとしていて人気はない。

林や庭木の茂みも歩いてみたが、誰かが隠れていたような痕跡も見つからなかった。

「いなさそうだな」

卓也がホッとしたように中途半端な笑みを浮かべた。

「みたいだね」

光彦も内心安堵《あんど》しつつ、目は水路の場所を確認していた。

「みんなで見て回ろう」と提案したのは、敷地の中を流れる水路がどこで土塀をくぐるか確かめたかったからでもあった。

佐藤蘇芳から待ち合わせの場所として指定されたのは、水路が土塀をくぐり、女子の居住区域との境目になるところだと聞いていたからである。

幅一メートルほどの水路は、うねうねと蛇行しつつ敷地内を縦横に走っていた。

「あ。花が」

卓也が小さく叫び声を上げた。

目の前の水路を、白い花が流れていく。

流れは結構速くて、たちまち見えなくなった。

「あれが、その」

卓也はそう言いかけて止め、ちらっと光彦のほうを見てから口をつぐんだ。

光彦は無言で頷いた。

あの花は、誰かが流しているのだ——緑色感冒の死者が出る度に。

ひとつの花が一人の死者を表す。白い花なら男性、赤い花なら女性だという印。いつからそんな習慣が始まったのかは知らないが、なんとも物悲しい。流れ去る花が、文字通り命尽きてこの世から消えてしまう肉体のように思えてくる。

今、お母さんはどんな状態なのだろう？　いったいどんな姿をしているのだろう？　どうしてもそう考えずにはいられない。いくら異形な姿になってしまうとはいえ、一目だけでも会わせてくれたっていいのに。

患者の側からは、マジックミラー越しに子供たちの姿が見えるらしいが、こちらから患者の姿を見ることはできない。どれほど恐ろしい姿なのだろう？　会ったことを後悔するような姿だというのか？

背筋が寒くなった。

そして、なぜか「みどりおとこ」の姿が目に浮かんだ。ベッドに横たわっているお母さんが、いつのまにか「みどりおとこ」になってしまっているというイメージが。

それは、奇妙で滑稽なイメージだった。

「みどりおとこ」になってしまったお母さん。

ふと、ある考えが頭に浮かんだ。

緑色感冒のサバイバーはみんな「みどりおとこ」になってしまう。実は、「みどりおとこ」は一人ではなく、本当は大勢の「みどりおとこ」が存在しているのだ。「みどりおとこ」になると、以前の記憶はなくなってしまう。どの患者も末期にはみんな同じ姿になってしまうので、関係者に患者の姿を見せないのだ――

「戻ろうぜ」

卓也につつかれ、光彦はハッとした。

今、変なこと考えたなあ。

光彦は、水路の先にある土塀のほうを振り返りながら首をかしげた。

あんなのがいっぱいいたら、気持ち悪いよなあ。

自分の想像に苦笑する。

だけど、いったい「みどりおとこ」って幾つなんだろう。いつの時代からいるんだろう。全然歳を取らないように見えるけど、どうしてなんだろう。

次々と湧いてくる疑問にぼんやりしつつ、最初に集まった場所に戻ると、もう幸正と耕介がいて、お茶を飲んでいた。

「誰も怪しい奴はいなかったよ」

幸正が平然と言う。

「ああ。こっちも、誰もいなかった。思ったより、隠れられるような場所がなかったな」

卓也が答える。

耕介が、湯飲みにお茶を入れて渡してくれる。

熱いほうじ茶が、汗ばんだ身体に美味《おい》しく感じた。

「それじゃあ、各自部屋にチェックインしようか。夏流城ホテルに」

幸正が欠伸をした。

「部屋割りはどうする？」

「くじ引きかな」

適当にあみだくじを作り、部屋番号を書いて振り分ける。

「じゃ、行くか」

幸正が荷物を取り上げようとするのを、光彦が手を上げて止めた。

「スケジュールはどうする。一応、勉強しなきゃなんないんだよな？」

「どうせ全部自習だろ。鐘が一回鳴ったら、食堂に集合。鐘が三回鳴ったらお地蔵さんのところに集まる。これだけ分かってりゃ十分さ」

前に経験しているだけに、幸正は慣れた感じで、あっさりしたものだ。

「鐘が三回鳴ったら――？」

耕介が戸惑った声を出した。

幸正は無表情に耕介を見上げる。身体は小さいのに、幸正のほうが圧倒的に迫力がある。

「誰かの親が危ないってことさ。自分の家族の患者番号、知ってるだろ？　お地蔵さんの後ろに番号が出る。意識の混濁が始まると、その番号の患者が、マジックミラー越しに家族に会いに来る」

耕介は青ざめ、黙り込んだ。

光彦も、蘇芳から話は聞いていたものの、実際にその立場になってみると、ずっしりと胸にこたえるものがあった。

「ところで、その鐘って誰が鳴らしてんの？」

卓也が尋ねる。

「食堂の鐘を鳴らすのは僕たち。飯の合図だからな。食事当番、どうする？」

「四人しかいないんだから、全員でやったほうが早いだろ」

「それもそうだな。じゃあ、特に食事の時に鐘鳴らすことないな。朝飯八時、昼飯十二時、夕飯六時でどうだ？　三十分前に集合して飯作るってことで」

幸正は腕時計を見た。

誰にも異論はない。

「ＯＫ」

「あ、でも、もしみんなに招集を掛けたい時は、鐘を一回鳴らすってことになってる」

「招集？」

「何かあって、全員を食堂に集めたい時さ」

幸正はさらりと言ったが、光彦は緊張した。

招集。そんな機会、あるのかな。あるとしたら、いったいどんな時なんだろう？

「三回の鐘は誰が？」

卓也がもう一度尋ねる。幸正は肩をすくめた。

「病院に決まってるだろ。僕たちには患者の容態は分からないんだから」

「ふうん。そうか——病院ね」

卓也は、何事か考え込む表情になる。

「俺たち、いつまでここにいなきゃならないの？」

今度は耕介が尋ねる。のんびりした口調に、少しイラッとさせられる。

「そりゃあ、全員の親が『みまかる』までさ」

幸正は、どこか凄味のある笑みを浮かべて答えた。

みまかる、なんて言葉が遣われるの、初めて聞いたな。

光彦は、どんどん印象が塗り替わっていく幸正を興味深く眺めた。

見た目は子供みたいなのに、中身は結構大人だな。まあ、両方の親を緑色感冒で失おうとしているのだから、精神的には鍛えられざるを得ない。だけど、それだけじゃない。こいつ、頭もいいし、シニカルだ。

ふっと蘇芳の横顔が浮かんだ。

佐藤蘇芳も、小さい頃から大人っぽかったっけ。

「全員の親が『みまかった』ら、『みどりおとこ』が迎えに来るよ」

「お葬式は――出られないのかな」

耕介がもごもごと口の中で言った。「お葬式」という言葉を口にするのに抵抗があったようだ。口にしたくない気持ちは分かる。

「緑色感冒の患者の遺体は、病院の内部ですべて処理されるから、葬儀の時に遺体はなし。だから、追悼の式をそれぞれの家でやることになってる」

「そうなのか」

耕介は落胆した顔になった。その気持ちも分かる。最後まで対面できないのだと思うと、改めてやりきれないものを感じる。

「まあ、気長にやりすごすことだよね」

幸正は、渋い表情になった。

「これがね――ぶらぶらしながら待ってるっていうのが結構つらいんだ。前に来た時、最初のうちにバタバタっと『みまかっ』ちゃってね」

「前の時は、何人いたの？」

卓也が尋ねる。

「その時は六人。最初の三日間で立て続けに四人亡くなってね。ところが、それからあとが全く。次まで二週間以上も空いて、一人亡くなって。最後の一人になった奴は、いたたまれない感じだったよ。夏休みが終わるぎりぎりまで、他の五人もここに足止めされたわけだから」

「うーん。なんとも複雑な状況だな」

卓也は身震いした。

「最後に鐘が三回鳴った時は、そいつ、ホッとしてたな。悲しいんだけど、ホッとしたって言ってた」

想像してみると、そのいたたまれなさが伝染してくるようだった。

なんというグロテスクで残酷な状況だろう。みんなに気を遣いながら、親が死ぬのを待ち続けるなんて。

「そんなの、亡くなった順から帰してくれればいいのに」

耕介が文句を言うと、幸正が「そうだな」と同意した。

「だけど、たぶん、ここに連れてくるのも帰すのも一回きりだと決めてるんだと思う。入るのも出るのも全員で。そういう決まりらしいよ」

入るのも出るのも全員で。

光彦は、なぜかその台詞が気になった。

「じゃあ、次は夕飯で。六時集合ね」

幸正は、今度こそ荷物を取り上げた。

＊

光彦は自分の部屋に荷物を置くと、卓也の部屋に向かった。二人の部屋は池を挟んで向かいあうような位置にある。

辺りは静かで、風もない。

お城全体が、景色に溶けこんで灰色がかった緑に沈んでいくように見える。

まるで、古いヨーロッパの絵を見ているみたいだ。

光彦は、一瞬、丘と一体化したようなお城に見とれた。

本当は、こんなふうにのんびりしてる場合じゃないんだよな。池に沿って歩きながら、自分に言い聞かせる。

心の準備はしておかなくちゃ。着いたばかりだからまだ大丈夫だとどこかで思ってるけど、さっきの幸正の話じゃないが、いつ鐘が三回鳴らされても不思議じゃない。

つい、女子部のほうに目をやってしまう。

向こう側で鳴る鐘は、こっちでも聞こえるんだろうか？　さすがに音の大きさが違うだろうから、間違えたりはしないと思うけど。

光彦はひやりとした。

嫌だな、向こうで三回鐘が鳴る音がこっちまで聞こえたら。誰かが向こうで泣いているのだと思うとやりきれない。

足早に、卓也の部屋に向かった。

開け放った窓から、卓也が部屋の中で忙しく動き回っているのが見える。

「おーい、卓也ー」

呼びかけると、卓也が気付いて窓から手を振った。

「何してんの、おまえ?」

部屋の入口から中を覗くと、卓也は壁にポスターを貼ったり、ペナントを貼ったりしているところだった。

「巣造りさ。なんとなく、いつもの環境にしとかないと落ち着かなくて」

「ふうん」

光彦は、ロック歌手のポスターを見上げた。

「おまえ、いつからヘビメタ聴くようになったの?」

「一年前くらいかなあ」

光彦は、ベッドの上のチェックのカバーの掛かった枕に目を留めた。

「あっ、そういや、おまえ、枕が替わると眠れないんだっけ。まだダメなんだ。うわー、ガキくせー」

「るっせーな。仕方ないだろ」

卓也が枕を投げつけてくる。

笑って枕を受け止め、投げ返す。

久しぶりの再会で、ちょっと変わったかなと思ったが、あっというまに以前のような関係が戻ってきて、互いに嬉しく感じているのが分かった。

それが、こんなところでの再会であっても。

「なんだ、やっぱり卓也は卓也だな」

「あったりまえだろ。光彦も元気そーでよかった」

「最初はちょっと見違えちゃったよ」

「うん。俺、ここ二年間で十八センチ背が伸びたんだ」

「ひえー、何食ったらそんなに伸びるんだよ」

「分かんない。牛乳、そんなに飲んでるわけじゃないんだけどなあ」

軽口を叩き、二人で並んでどすんとベッドに座ったその時である。

二人は、同時にハッと顔を上げた。

一瞬、自分たちがなぜ顔を上げたのか、気付かなかった。

しかし、二人は互いの目を見て、その理由を悟った。


鐘が鳴っている。

一回──二回──三回。

「嘘だろ」

光彦と卓也は、お互いの目に驚愕と恐怖が浮かぶのを見た。

「三回鳴ったよな。今。本当に」

「鳴った」

認めあったものの、二人は動けなかった。

ベッドに座り込んだポーズのまま、凍りついたようになってしまっている。

「そんな、いきなり。着いたばっかりなのに」

光彦はおろおろした声で呟いた。

ついさっき、心の準備をしておかなければ、と考えたばかりだったのを思い出す。

ダメだ。全然、心の準備なんかできてない。

「どうする?」

ようやく二人は腰を浮かせ、よろよろと立ち上がった。

「行かなくちゃ」

「お地蔵さんって、どこだっけ?」

「食堂の前の、広場から下ったところだよ。ちょっと半地下っぽいところ」

そう言いながらも、二人ともどこか上の空だ。突然の鐘に動揺してしまって、まだ部屋の中でぐずぐずしている。

気まずい沈黙。

「——行かなくちゃ」

ようやく、そんな声が出た。どちらからともなく溜息《ためいき》をつく。

狭いたたきで靴を履き、二人は黙り込んで外に出た。

「急ごう」

外に出たとたん、ためらいが消えた。

二人はパッと食堂のほうに向かって駆け出す。

と、光彦は、スニーカーの紐を踏んでしまい、引っ張られてほどけたのを感じて足を止めた。

舌打ちして、かがんで紐を結わえ直す。

顔を上げた時には、もう卓也は先に行ってしまっていた。ちぇっ、置いてかれたな、と苦笑する。

立ち上がった瞬間、視界の隅で何かが光ったような気がした。

うん？　なんだ？

光彦は、そちらに向かって目を凝らした。

池の向こう。白い花の咲いた、背の高い庭木の茂みがある。

光彦はぎくっとした。

誰かいる。誰が？

が、もう一度目を凝らした時、その影は消えていた。そこには午後の陽射しに照らされた白い花が揺れているばかりである。

光彦は混乱したまま駆け出した。

急がなければ。鐘が三回鳴ったのだから。

しかし、たった今目にしたものが、頭の中で何度も巻き戻される。

何かの見間違いだろうか。誰かが立っていたように見えたのは。

そうだよ、目の錯覚だよ、と別の声が否定する。気のせいだ。あそこに人がいたはずはない。

自問自答を繰り返す。

だけど、あれが光ったのは本当だ——そのせいで、わざわざあちらに目を向けることになったのだから。

光彦は、もう一度、さっき自分が見たものを反芻《はんすう》した。そして、自分が何を目にしたのかを悟った。

そうだ。あれは鎌だった。

鎌の刃に、光が当たって、反射した。

誰かがあそこで、鎌を持って立っていたのだ。

第五章　もう一人いる

青ざめた顔の四人の少年が、息を切らせ、奥まったお地蔵さんの前に集まってきていた。

互いの表情の中に、動揺と不安がくっきりと見て取れる。

まさか、こんな早くに。

着いたばかりで、ここでの決まりごともまだじゅうぶんには把握しておらず、この場所に慣れて新たな秩序を作り始めようとしているところなのに。

いったい誰の親が？

今、みんなの目に浮かんでいる疑問はその一言に尽きた。

誰もがおどおどして、はっきりとは互いの顔を見ないが、それでいてチラチラと表情を観察してしまう。はじめに不幸に見舞われたのはいったい誰なのだ？

異様な緊張感が辺りに漂っていた。

いきなり現実に直面してしまったという衝撃。
慌てて駆けつけたものの、誰も動かない。
鐘はとっくに鳴り止んでいた。
静寂。
痛いほどの静寂に四人は包まれている。
本当に鐘は鳴ったのだろうか？　気のせいだったのではないだろうか？
ひきつった顔。
ふと、光彦は笑い出したくなった。傍から見たら、なんとおかしな状況だろう。
どうやら、みんなが似たような衝動に駆られたらしく、ほんの一瞬、緊張が弛緩《しかん》した。
幸正が、ほっ、と小さな溜息をついた。
「いきなり、びっくりしたな」
乾いた声で、肩をすくめてみせる。
「経験者だから、僕が見るよ」
幸正は、お地蔵さんのほうに顎をくいっと向けた。
みんなが幸正の視線の先に目をやる。

それまで、誰も目を向けなかったその場所に。

かなり古い、表面の磨り減ったお地蔵さんだった。特に、顔はこれまで多くの人が撫でてきたらしく、つるつるになっていて表情が分からない。

そして、その後ろには真っ黒な壁があった。

ざらざらした、色の入ったガラスのような、やはり年季の入った壁である。

じっとそこを見つめていると、そこにうっすらと自分たちの姿が映っていることが分かった。

薄暗く奥まった場所なので、到着した時には目が慣れていなかったのだ。

ぼんやりと映る四人の影。

この向こう側には、いったい誰が横たわっているのだろう。一人では来られないだろうから、誰かが付き添っていることは間違いない。何人でいるのだろう。二人？

それとも、三人？

光彦は、自分の喉が「ぐえっ」というような、滑稽でくぐもった音を立てたことに気付き、慌てて喉を押さえ、赤面した。

幸正は、意を決したようにスタスタとお地蔵さんに近寄り、ぱっとその後ろを覗き込んだ。そこに患者番号が表示されているのだろう。

みんなが幸正の顔を注目する。

が、幸正の表情には何も浮かんでいなかった。

「503」

ボソリと呟く。

みんながびくっとし、素早く考えるのが分かった。

安堵と困惑。

幸正がみんなの顔を見る。

やがて、奇妙な戸惑いがその場を支配した。

みんなが互いの顔を見て、悲嘆の表情が浮かぶのを期待していたが、誰の顔にもそれが浮かぶ気配がない。

えっ？

光彦は、改めて卓也の顔を見た。

おまえのところか？

卓也は小さく左右に首を振る。

うちじゃない、という意味だろう。

「誰のところだ？」

幸正が、そうはっきりと口に出した。

みんなが一斉に首を振る。否定の方向に。

「──誰の番号でもない？」

幸正が、困惑も露《あらわ》にみんなの顔を見回した。同時にみんなが話し始めた。

「違う」

「うちじゃない」

「じゃあ、この番号は間違って表示されてるっていうのか？」

「数字、見間違えてない？」

耕介がのろのろと幸正を見ると、幸正はむっとした表情になった。

「だったら、自分で見てみろよ」

幸正以外の三人が、ぞろぞろとお地蔵さんのところに集まった。

ちょうど、お地蔵さんの後ろの壁に、四角いモニターがあって、赤い数字が表示されていた。

確かに503という、デジタル表示がある。小さな数字ではあるが、モニター画面はきちんと磨いてあり、見間違えようもない。

戸惑い顔で、みんながもう一度お地蔵さんの前に集まった。

「誰か間違えて番号を覚えてるんじゃないの？」

今度は卓也がそう言ってみんなの顔を見回した。

「患者番号を？」

幸正が怒ったような顔で聞き返す。

「そんな間抜けな奴がいるかよ。ずっと頭に刷り込まれてきた番号なんだぞ。招待状にも書かれてた番号だぜ。なあ？」

みんなが無言で頷く。

忌まわしい番号だが、頭に焼き付いている番号だ。自分の家族が記号化された患者だという冷徹な事実を突きつける番号。忘れたくても忘れられない。

「――つまり」

卓也がゆっくりと続けた。

「今この向こうにいるのは、俺たちの親じゃないってことだな」

卓也と一緒に、みんなが壁のほうを見る。

「そんなことって」

光彦は口ごもった。

「あるいは、向こうが間違えてるとか？」

そう呟いて、みんなの顔を見る。

「病院側が？」

またしても幸正が顔をしかめた。

「それこそ、有り得ないよ。患者は厳密に管理されてるし、ましてや家族への通知を間違えるなんて」

「だけど、実際のところ、そこに出てるのは俺たちの親の番号じゃない。これをどうやって説明する？」

卓也が腕組みをして天を仰いだ。

みんなが唸《うな》った。

「なあ、でも、今向こう側にこの番号の患者がいるんだよね。今そこにいる人は、自分の家族がここにいないってこと、気付いてるのかな」

耕介が恐る恐るといった表情で壁を見た。

この向こうにいる患者。

誰もが、気味が悪そうな目つきになり、そっと視線を泳がせる。

今現在、そこに誰かがいる。

意識の混濁が始まり、まもなく命が尽きようとしている誰かが。

光彦は、胃がきゅっと縮まるような感覚を覚えた。

そんな大事な瞬間に、こんな間違いが起きるなんて。家族を見られず、この世を去っていってしまうなんて。

誰もが同じようなことを考えたに違いない。

「なあ、電話したほうがいいんじゃないか？」

耕介が青ざめた顔で腰を浮かせ、もぞもぞとした。

「どこに？」

「その——外部だよ。間違った患者が対面してるって伝えたほうがいいんじゃない？　この人、家族に会えないんだよ？　誰かが何か間違ってたせいで」

光彦も頷きかけた。

本当に、たいへんな間違いだ。

「間違い」

卓也が腕組みをしたまま繰り返す。

「——本当に間違いなのか？」

ちらっと光彦のほうを見る。光彦はハッとした。

卓也は何かを彼に訴えかけていた。

と、光彦の頭にちらっと何かが閃いた。ここに来る前に見た光景。

誰かがいた。庭に誰かが立っていた——手に鎌を持って、誰かがあそこにいた。

光彦は今更ながら、立っている四人の手元を見た。

むろん、誰もが手ぶらで、何も手にしていない。

「間違いじゃなかったら、なんなんだよ？」

幸正は不機嫌なままで、いささか喧嘩腰だった。

彼が腹を立てる気持ちも分からないではない。みんな、泡を喰ってここまで走ってきたのだ。ここに着いたばかりで心の準備もできないうちに、家族が危篤だと思ったのだから、当然である。

「もしかして、ここに来てない奴がいるんじゃない？」

卓也は幸正の喧嘩腰には取り合わず、あっさりと答えた。

「ここにって——」

「この、夏のお城さ。もしかしたら、もう一人来るはずの奴がいたんじゃないの？」

卓也は当然、という口調である。

もう一人。

光彦はハッとした。なるほど、卓也が考えたのはそういう意味か。

「来ないなんて、許されるのか？」

耕介がのっそりと首をかしげた。卓也は小さく肩をすくめる。

「そりゃ、ここに来るのを断れないことは知ってるよ。だけど、具合が悪かったら？そいつが入院療養中だったりしたら、いくらなんでもここには来られないだろう。俺たちだけじゃ、そいつの面倒見られないもの」

「なるほど」

耕介の目に、納得の色が浮かんだ。

幸正も、思いがけない返事だったらしく、口を「あ」という形に開いた。

確かに、それなら説明がつく。もう一人、誰かが来るはずだった。

光彦も頷きつつ、頭の中に浮かんださっきの光景は消えなかった。

誰かがいた――あそこにいた。この場所に。もう一人。

「どちらにせよ、気の毒だなあ。そいつも、家族も、会う機会を逃したってことだから」

「病院の中で会えないの？」

「無理だろ」

ボソボソとみんなが囁きあった。壁の向こうの誰かに聞こえないように。

なんともおかしな状況だったが、しばらく彼らはこの場所から動けなかった。自分たちの家族ではない誰かのためだと納得したものの、それでも立ち去りかねていた。

結局、三十分近くそこにいただろうか。

やはり幸正が、もう一度さりげなくお地蔵さんの後ろを覗き込み、もう数字の表示が消えていることを確かめた。

「――もう、いなくなった」

そう静かに呟くと、みんなが、声にならない溜息をつき、居住まいを正した。

患者は、既に壁の向こうから立ち去ったのだ。そして、二度とここにやってくることはあるまい。

まだなんとなく動けなかったが、それでも幸正が言った。

「そろそろ、夕飯の準備に行こっか」

彼はそう独り言のように言うと、先に立って歩き出す。

誰もが黙り込み、目を逸らし、幸正の後に続く。

なんとも、不可解で後味の悪い三十分だった。初めて聞く鐘が、こんな奇妙な状況でのものになるとは。

「――もう一人」

光彦は、卓也と並んで歩きながら呟いた。

「なんだよ？」

卓也が聞きとがめ、耳を寄せてくる。

「もう一人、いるのか？」

「それがいちばん納得できる説明だろ？」

「うん」

光彦の煮え切らない返事に、卓也は不思議そうな顔になる。

「何かあるの？」

「もし、もう一人来るはずだったら、どうして『みどりおとこ』は前もって言っといてくれなかったんだろう」

「さあね。そいつのプライバシーに配慮したのかもしれない」

「だけどさ、パニックになっちゃったじゃない。僕なんか、ものすごく動揺しちゃった。こんな余計な心配させるなんて、ちょっとひどくないか？　前もって、もう一人来るはずだったけど、来られなくなったって、一言いっといてくれれば済んだ話なのに。それだけなら、プライバシーに触れることもない。それこそ、こんな大事なこと、どうして黙ってたんだろう」

光彦は、だんだん胃の辺りがむかむかしてくるのを感じた。

やっぱり。やっぱり、変だ。あの「夏の人」は。

苦いものが喉の奥に込み上げてくる。

どうしても、あいつには悪意を感じてしまう。何か底意地の悪いことを仕掛けてきているように思ってしまう。これは、本当に気のせいなのだろうか？

「あいつ、そんなに賢くないぜ。そこまで俺たちのことを気遣ってくれるとは思えないな。あいつも知らなかったんじゃないの」

卓也は、光彦のようには感じていないようだった。

ここに着いた時から、悪意が満ちているように感じる自分は、単に神経が過敏になっているだけなのだろうか。

光彦は、さっき見た人影のことを卓也に打ち明けるべきかどうか迷っていた。

もう一人いる、と。その不在の誰かは、卓也の言うようにお城の外にいるのではなく、内側にいるのだ、と。

さっさと口に出してしまえばいいのに、なぜか口にすることができない。

気のせいだ、と言われるに決まっているし、「なんだ、光彦って意外に気が弱い奴なんだな」と思われるのは嫌だった。

ちらっと卓也の横顔を盗み見る。

現に、今も、卓也は光彦のことを「こんなに神経質な奴だっけ」と思っているような気がした。

神経質。少年にとっては、何より屈辱的な言葉である。

それこそ、見間違えだったのだろうか。

光彦は自問自答した。

光の加減で——何か、金属物に反射して、木陰の模様か何かで錯覚したんだろうか。影が他のものに見えるということは、確かによくあることだし。

光彦は、自分がそちらのほうを信じたがっていることに気付いていた。

しかし、自分の目がはっきりととらえたものが、そのことを否定していた。

いくらなんでも、鎌を握っている手を見間違えるなんてことがあるだろうか。

あの手——軍手をはめていたので、特徴は分からなかった。

あるいは、「みどりおとこ」が？

光彦は必死に記憶を辿《たど》った。素手であったら、すぐにあいつだと分かっただろう。

しかし、軍手をはめていたので分からなかった。あいつは全身緑色だから、木陰に佇んでいても、周囲に紛れてしまって姿が見えにくかったのではないだろうか。


光彦は卓也と別れてからも、ふらふらと歩き続けていた。

いつのまにか、足は土塀のところに向かっている。

今日は蘇芳との約束はないというのに。

小さく溜息をついて、土塀の前にしゃがみこんだ。

と、土塀の向こう側に気配がある。

あれ。


「だれ？」


低い少女の声。

光彦はホッとした。

「――なあんだ、蘇芳か」

彼女もなんとなくここにやってきたに違いない。向こう側も何かとたいへんそうだし、もしかして僕と話したかったのかも。

「びっくりしたよ、こんな時間にここに来るなんて。大丈夫？」

向こう側は黙り込んでいる。

「計画はちゃんと進んでる？　蘇芳のことだから心配はしてないけど」

そう平静を装いつつも、光彦は、つい吐き出さずにはいられなくなった。

「やっぱりあいつ――絶対に何か企んでる。厄介なことが起こりつつあるんだ――きっとあいつは、僕らをひどい目に遭わせるつもりなんだよ、蘇芳」

思わず忌々しげな口調になってしまう。

と、土塀の向こうでカーン、とくぐもった音で鐘が鳴るのが聞こえた。

食堂に招集、の合図である。

ふうん、この土塀、結構分厚いんだなあ。高さもあるし、こっち側にはこのくらいしか鐘の音、聞こえないんだ。たぶん、女子のいる側は、僕たちのところよりも斜面の低いところにあるせいもあるんだろう。僕たちが母屋《おもや》のほうにいたら、あっちの鐘は聞こえないいな。

土塀の向こうで動き出す気配があった。

「鐘、鳴ったね。行かなきゃね。僕も戻る。じゃあ、予定通りにね」

そう言って、光彦は土塀から離れた。

と、細い道の真ん中に、緑色のカマキリがいた。

反射的に足を止めてしまう。

それは、普通のカマキリだった。

ハナカマキリじゃない。

なぜか胸がどきどきしてくるのを、光彦は必死に押しとどめようとした。

あんた、危ないわね。

気を付けないと、カマキリに喰われちゃうわよ。

腕を振ってみせた「みどりおとこ」の姿と声が蘇る。

そっとしゃがみこみ、ゆっくりと横切っていくカマキリを見つめた。

これが、ここだけにいるという、花を食べる珍しいカマキリなんだろうか？

何か食べないかと見ていたが、カマキリは鎌をゆっくりと振りながら、のんびりと進んでいく。

カマキリは肉食なのに、花を食べるというのは、確かに相当珍しいんだろうな。

道を横切ったカマキリは、草むらの中に見えなくなった。

カマキリのメスは、交尾のあとにオスを食べてしまったりするんじゃなかったっけ。

光彦は立ち上がりながら、そんなことを考えた。

食べる——食べる「みどりおとこ」。

「みどりおとこ」がゆっくりと腕を振っているところが繰り返し浮かんだ。

カマキリにがぶりとかじりつく「みどりおとこ」。頭からばりばりと食べて——

光彦はそのイメージに身震いした。

忘れろ。なんだって、こんな気持ち悪いイメージばかり浮かぶんだ。

全く、僕ってなんて臆病者なんだろ。自分につくづく愛想が尽きる。

そんなことをぐずぐず考えて、母屋のほうに戻ってきた時である。

前のほうで、鋭い悲鳴が上がった。

ハッとして顔を上げると、卓也と目があった。

「誰の声だ？」

「幸正じゃない？」

二人はどちらからともなく駆け出した。

見ると、入口のところでうずくまっている影がある。

「どうした？」

卓也が声を掛けると、真っ青な顔をした幸正と、彼をかばうようにしている耕介の姿があり、二人はまじまじとこちらを振り向いた。

「——鎌が」

光彦はぎょっとした。

幸正が、自分の頭の中を読み取ったような気がしたのだ。

しかし、幸正は光彦から目を離した。

「鎌が、落ちてきた」

そう言って入口を指差したのは、耕介のほうだった。

「鎌」

光彦と卓也は、同時に繰り返していた。

入口のところに、鎌が転がっていた。柄のところに麻紐が結わえつけられている。よく磨かれた、鋭い、弓なりの刃が鈍く光っていた。

よく切れそうな刃。

一瞬、幸正の喉に突き刺さっているところが目に浮かび、光彦は慌ててそのイメージを振り払った。

「戸を開けたら、振り子みたいに、天井から鎌が落ちてきた」

幸正が、のろのろと呟いた。

「そんな」

光彦は唾を飲み込んだ。

「誰かが仕掛けておいたんだ」

耕介が淡々と言った。

「そんなこと、誰が？」

光彦が呟くと、みんなが同時に黙り込んだ。

もう一人。もう一人、いる。この内側に。僕たちと一緒に。

光彦の頭の中には、その言葉が繰り返し鐘のように響き渡っていた。

第六章　緑の疑惑

「――考えすぎじゃないの？」

土塀の向こう側から、淡々とした声が聞こえてくる。

「じゃあ、これまでに起きたことはどうやって説明する？」

光彦は思わず声を張り上げてしまい、慌てて自分の口を押さえた。

チラチラと足元に動く木漏れ日の影。

光彦は、これまでに起きた出来事を、土塀越しに佐藤蘇芳に洗いざらい打ち明けていた。

ずっと他の三人の少年には言えなかった自分の疑惑を、早口でぶちまけたのだ。

四つのひまわりのこと。鎌を持った人影のこと。入口に仕掛けられていた鎌のこと。それから数日間は何もなかったが、ついさっき、中庭のベンチに仕掛けられていた罠のこと。もしかして、数日間何もないと思わせていたのは、油断させるためだったのかもしれない。

恐怖も手伝っていただろう。

五人目の誰か、もう一人の誰かがこの同じ敷地内にいると考えると、ざわざわして不安でたまらなくなるのだ。自分がとてつもなく無防備に感じられてくる。

光彦は、ここに着いた晩から、部屋の扉の内側に机を移動させ、ベッドで挟むように押し付けて眠っていた。ここに辿り着くまでには何重にも外側から鍵が掛けられているというのに、中には鍵の掛かる扉がほとんどないのである。小さな机のバリケードなど、気休めでしかないのは分かっているのだが、夜中に誰かがいきなり扉を開けて入ってくるところを想像すると、そうせずにはいられなかったのだ。

蘇芳はじっと光彦の話を聞いていた。

姿は見えないけれど、蘇芳があの落ち着いた目で耳を澄ましているところを想像すると、それだけでこちらも少しは気持ちが静まってくる気がする。

「三人のうちの誰かの悪戯《いたずら》だという可能性は？」

蘇芳が尋ねた。

「それはないと思う」

光彦は首を振っていた。

「お地蔵さんの後ろの患者番号が、僕らの親の誰でもなかったということは、もう一人対象者がいるという証拠だ。僕が見た人影もあるし、やっぱり僕ら以外に誰かがいるとしか思えない」

「でも、最初に誰か隠れていないか調べたんでしょ？　それでも見つからなかったんでしょう？」

蘇芳はあくまでも冷静だ。もしかすると、光彦を落ち着かせるためにあえて突き放してみせているのかもしれない。

「うん。だけど」

光彦は声を低めた。

「ここは結構広いから、僕らの目を避けて潜んでいることは可能だと思うんだ。もしかして、僕らの知らない場所があるかもしれないし」

思わずそっと後ろを振り返る。

誰かが聞き耳を立てているのではないかと思ってしまう。

「それは認めるわ」

蘇芳が答えた。

「あたしたち、言われるままにここに来てるだけで、地図も見取り図も貰っていない。お城の全体像も知らない。どこかに秘密の通路があっても不思議じゃないよね」

「だろ？」

「だけど、やっぱり、そんなことをする理由が思いつかないわ。光彦たちを脅して、いったいなんの得があるっていうの？　何か恨みでもあるの？　ここに来てるということだけで、じゅうぶんつらい目に遭ってるのに」

今度は光彦が黙り込む番だった。

「分からない。だけど、あいつが絡んでいることは間違いない」

「あいつって？」

「『夏の人』」

吐き捨てるようにその名を口に出すと、改めてむかむかと怒りが湧いてくるのを感じた。

「光彦、ずっとそう言ってたね」

「だって、あいつ、おかしいよ。ここに来た時だって、悪意を感じた。今もずっと感じてる。もう一人いるのが誰なのか分からないけど、もしかして、それはあいつなんじゃないかと思う」

「なんで？」

蘇芳が眉をひそめているのが目に見えるようだった。

「あいつならここに外から入って来られるからさ。あいつは鍵を持ってるから、いつでも入ってきていつでも出ていける」

「それはそうね」

蘇芳は何か考えている様子だ。

「じゃあ、もし『夏の人』がその物騒なことをやっている犯人だとすると、彼が何か仕掛けているあいだは、外部に通じる扉は開いているということね？」

光彦はハッとした。

「そうか」

「でしょ。だって、内側からは鍵が掛けられない。彼がここに侵入している時は、扉の鍵が開いているということになる」

「だけど、始終扉を見張ってる訳にはいかないからなあ」

「でも、誰かが外から入ってきたかどうか確かめることはできるでしょ。ドアに糸を張っておくとか、葉っぱでも挟んでおくとか。あるいは、内側に何か置いて、バリケードで侵入を防ぐっていう手もあるし」

バリケード。

光彦は、自分の部屋の机を思い浮かべた。

「なるほど。そうか。少なくとも、誰かが外から出入りしたかどうかは確かめられるね。うん、ありがとう、早速やってみるよ」

「もっとも、他に秘密の通路があるのなら、話は振り出しに戻るけどね」

「でも、可能性のひとつは潰せる」

光彦は、気持ちが晴れてくるのを感じた。

そうだ、びくびくしているだけじゃなくて、こちらからも攻めるべきだ。疑っている可能性をひとつずつ潰していけば、少なくとも何も分からず受身で怯《おび》えているよりずっといい。

そう考えると、さっきまでの不安が嘘のように消え、今度は急に恥ずかしくなってきた。

「ごめんね、蘇芳。僕ばっかりべらべら喋って」

「ううん、いいのよ。あたしも光彦の話を聞いてると気分転換になる」

「こんな愚痴でも？」

「うん。あたしは自分が愚痴るより、人の愚痴を聞いているほうが楽なの」

「蘇芳らしいや。そっちはどう？」

光彦は、更に恥ずかしくなった。

そもそも、「そこにいるのかい、蘇芳？」と言ったあとに、まずこう質問するべきだった。蘇芳のほうの様子を聞いてから、自分の不安を打ち明けるべきだったのに。

僕ってちっちゃい奴だなあ。

光彦は赤くなった。この顔を見られないで済むのはありがたい。

「うーん。今のところは平和ね」

煮え切らない口調である。

「鐘は？」

「まだ一度も鳴ってない」

「例の、何も知らない子は？」

「戸惑ってる。当然だけど」

蘇芳が溜息をつくのが聞こえた。弱音を吐かない彼女にしては珍しい。

「教えてあげたら？」

「うーん。でも、彼女のお母さんにも約束しちゃったし――なんとか本当のことを教えずに彼女をここから帰すというのが当初の計画なんだけど、やりおおせるか自信がなくなってきちゃった」

「蘇芳以外に誰がそのことを知ってるの？」

「何人かは知ってて、協力してくれてる。あたし、その子たちにも悪くって。自分のことだけでもたいへんなのに、こんなこと手伝わせて、ほんと申し訳ないわ」

「それを言うなら、蘇芳がいちばんたいへんじゃないか。しかも、蘇芳は二度目じゃない。なのに、そんな余計な責任持たされてさ」

光彦が不満げな声を出すと、蘇芳がふっと低く笑ったのが分かった。

「それはいいの。あたしは自分のことだけ考えてるより、何かしなきゃいけないことがあるほうが気が紛れる」

蘇芳の性格からいくとそうかもしれない。

彼女が自分の不幸を思う存分嘆き悲しんでいるところなど、想像しにくい。

「ねえ、光彦」

蘇芳の口調が変わった。

「あたし、どうして親の死に際にあたしたちが会わせてもらえないのか、なんとなく分かってきたような気がする」

「え？」

思わぬ話題に面喰らう。

「それも——光彦じゃないけど、今回、『夏の人』を見てて、ふっと思いついたことなんだけどね」

蘇芳の声は真剣で、緊張感に満ちていた。

その緊張感が、不意に光彦にも乗り移ってきたような気がする。

「『夏の人』を見て？　蘇芳もあいつに悪意を感じたってこと？」

「ううん、そうじゃなくて――」

蘇芳はもどかしげな声を出した。

「きっと――きっと、そういうことなんだと思う」

「そういうことって？」

「今は言えない。もうちょっと――ううん、よく考えて、考えを整理できたら、光彦には話すわ」

その声は真剣であると同時に暗かった。

光彦は、その声にふと嫌な予感がしたが、すぐにそのことを無意識に打ち消してしまった。

「分かった」

「そろそろ行くわ。今日は長話しちゃったし」

「うん」

「じゃあ、今度は二日後の二時ね」

「了解」

土塀の向こうから立ち去る気配。

毎日同じ時間に出かけていくと何をしているか気付かれる恐れがあるので、ここに来る時間はなるべくバラバラにするようにしていたのだ。

光彦も立ち上がり（ずっとしゃがんでいたので足が痛かった）、そっと周囲を窺うところそこと引き揚げていく。

＊

光彦は、その足で最初にここに入ってきた場所へと向かった。

外から侵入している者がいるのかどうか。それを確かめる仕掛けを拵《こしら》えに行ったのだ。

考えてみれば、城に到着して以来、ここまで戻ってくるのは初めてだった。どうせ出られない、迎えが来るまで来ても仕方がないという先入観があって、足を運ぶ気にならなかったのだ。

見れば見るほどがっしりとした扉だ。内側にはどこにも鍵がなく、のっぺりとした扉である。おまけに、てっぺんには忍び返しまで施してあって、とてもじゃないが乗り越えようなどという気になれない。

もっとも、登ろうと思えば登れるな、と光彦は思った。

物置に小さなハシゴがあったし、この扉を乗り越えるのは難しいことではない。

しかし、この扉の向こうにお濠があることを考えると、そこから先が難しい。

光彦は、扉を押してみた。

多少は動くのではないかと思ったが、びくともしない。扉の向こう側で、がっちりと鍵が掛けられ、かんぬきが掛けられているのだろう。

さて、どんな仕掛けがいいかな。

光彦は周囲を見回した。

見ると、扉の前の地面が少し湿っている。

この辺りは、日陰になっているので、なかなか地面が乾かないのだ。昨日の朝降った雨が、まだ残っている。

閃いて、光彦は近くの水道まで行くと、バケツに水を入れて、扉の前に撒《ま》いた。

これなら、数日は乾かないだろう。この扉を開けて誰かが入ってきたら、必ず足跡が残るはずだ。

光彦は自分のアイデアに満足した。

もうひとつ、何か欲しい。扉が開いたと必ず確認できるもの。

蘇芳の言葉を思い出し、きょろきょろして、松葉の切れ端や、小さな葉っぱを持ってくる。

扉の隙間に松葉を差し込み、扉の下に葉っぱを並べた。

扉が開けば必ず松葉が落ちるし、必ず葉っぱが動く。これなら確実だろう。

光彦は、自分の仕事に満足して、そこから引き揚げることにした。

ゆっくりと深まっていく夏の午後。

そろそろ夕飯の準備でもするか。

こうして明るい庭を眺めていると、自分の置かれている奇妙な状況が嘘のようだ。

蘇芳と話し、門扉に仕掛けを施したことで、すっかり気持ちは晴れて落ち着いていた。

やっぱり気のせいだったのかな、僕、実は神経質な奴だったのかな、という心地すらしてくる。

そのまま食堂まで行こうかと思ったが、いったん部屋に戻ることにした。バケツで水を撒いた時に、足に泥が跳ねたことに気付いたのだ。こんな晴れた日になんで泥なんかついているんだと誰かに見咎められて、説明するわけにはいかない。

部屋に戻る途中で、卓也の姿が見えた。

卓也は、池の上に張り出した部屋の窓と並行になる格好で窓枠の上に座り、本を読んでいた。

些かだらしない格好だが、風が気持ちいいので、そうしたくなる気持ちはよく分かる。

何を読んでいるのか、集中しているのが窺えた。

が、光彦は、部屋の中にもう一人誰かがいるのに気付いた。

暗がりになっていて見えないが、影らしきものが見える。そいつは、じっと陰に潜み、佇んでいるように見えた。

誰かが卓也の部屋に来ているのか?

だが、卓也は本に目を落としたままだ。

卓也は気付いていない。

じりじりとその影は、窓辺の卓也に近付いてきていた。

「卓也、危ない！」

そう叫んだのと、緑色の手がサッと伸びてきて、卓也を窓から突き落としたのとは、ほぼ同時だった。

「わっ」

卓也は完全に不意を突かれたらしく、空中で手足をバタバタさせたが、奮闘むなしく、池に落ちていった。

ざっぱーん、という音と、大きな水飛沫《みずしぶき》が上がった。

「卓也！」

光彦は駆け出した。

池はかなりの深さがある。

卓也の安否も心配だったが、部屋の中にいた誰かのほうも気になった。

最短で回り込んで卓也の部屋に辿り着いたつもりだったが、部屋の中はもぬけの殻。左右を窺うがなんの気配もなく、誰かがここにいたという痕跡もない。

窓から下を覗き込む。

「大丈夫か？」

「うん。びっくりしたなー」

池の中で立ち泳ぎをしている卓也が、こちらを見上げている。

「あーあ、本が濡れちまった」

彼の隣にぷかぷかと開いた本が浮いている。

「突き落とした奴の顔、見たか？」

光彦が尋ねると、卓也は力なく首を振る。

「全然。誰かが部屋の中にいるのもわかんなかったよ」

「そうか」

卓也は本をつかみ、自分の頭に開いたまま載せると、岸辺に向かって泳ぎ始めた。

怪我はなさそうだ。


緑色の手。


卓也を突き落としたあの手が脳裏に蘇る。

気がつくと、光彦は再び駆け出していた。

「みどりおとこ」。あいつが卓也を突き落としたのか？　あいつは、ここに侵入しているのか？
元来た道を引き返す。
目に汗が流れ込んで痛かった。
午後の陽射しが眩《まぶ》しく、すっかり息が上がってしまっている。
それでも、光彦は走るスピードを落とさなかった。
仕掛けを施した門扉のところまで一気に駆け戻る。
はあはあと全身で息をし、次々に流れ込む汗で、視界がぼやけていた。
光彦はようやく足を止め、膝を押さえた。
全身からだらだらと汗が流れているが、ようやく呼吸が整ってくる。
顔を上げ、汗を拭い、扉の前の地面を見た光彦はあぜんとした。

泥の中にくっきりとついた大きな足跡。

光彦は自分が見ているものが信じられなかった。
これ、サイズは幾つだろう。相当に大きい。そう、ちょうどあの男――長身のあの男のサイズに思える。

そして、足跡の爪先は、こちらを向いている。ちょうど扉の向こうからこちらに一歩踏み込んだ形に。

扉に挟んでいた松葉は落ち、地面に置いた葉っぱは乱れて飛んでいた。

侵入された。誰かがあのあと扉を開けたのだ。

あいつが。緑色のあいつが。

光彦は、呆然と立ち尽くしたまま、その足跡を見下ろしていた。

第七章　暗い日曜日

それは思ったよりも早く、思ったよりも不意に、思ったよりもあっけなくやってきた。

日曜日だった。

そのことを、後になってから光彦はなぜか何度も思い起こすことになる。

鐘が三回鳴った時、今日は日曜日なのに、と思ったことが強く印象に残っていたからかもしれない。

日曜日はお休みの日だ。カレンダーにもしっかり書いてある。休息日、と。

いいことも、悪いことも、事件も、事故も、お休みのはずだった。

日曜日は誰もがゆっくりと休む。「世間」も休み、「現実」も休み。そして、月曜日の朝に、また始まるなと伸びをして、日常という舞台に出ていく。

家族の死、それは現実だ。当然、表舞台で起きるべきもののはず。この、何よりも冷徹で恐ろしい現実が、お休みの日に起こるはずはない。無意識のうちに、そんなふうに思っていたのかもしれない。

もちろん、鎌が落ちてきたとか、誰かがいつのまにか外と行き来しているとか、卓也が池に突き落とされたとか、不穏な事実がちりばめられた「現実」は続いていた。卓也を突き落としたと申し出た者はいなかった。鎌を仕掛けたと告白した者も。

五人目がいるのか？

それとも、誰かが嘘をついているのか？

誰もがもやもやとした気持ちを抱え、形にならない疑惑をのどの奥に呑みこんだまま、時間だけが過ぎてゆく。

それでも──それでも、やはり日曜日は別。この不穏な「現実」も、日曜日までは侵食してこないだろう。そう高をくくっていたのだ。

その朝は、どことなく天気も「お休み」だった。

なんとも中途半端などんよりした空で、暑いのか涼しいのか、天気がいいのか悪いのか、「はっきりしろ」と言いたくなるような空。空が手抜きをしているのかと思うほど、形容しがたい天気だった。

どんよりした空の下、どんよりした朝食を済ませて、さて今日はどう過ごそうかと、各人がそれぞれの部屋に引き上げようとした時。

おもむろに、鐘が鳴り出した。

待ち構えていたように、と言ってもいいかもしれない。

みんなが固まったように空を見上げる。

一回——二回——三回。

無言で顔を見合わせる。

確かに三回鳴ったよな？　本当だよな？

そんな表情を互いに確かめる。

光彦は、その時、妙なことを考えた。

この、よく通る鐘の音。

考えてみると、こちらでは、女子部のほうの鐘は聞こえない。もちろん、女子部のほうでもこちらの鐘は聞こえないらしい。

敷地は隣接しているのだし、土塀に囲まれてはいるものの、どちらも開放的な空間なのだから、あれだけはっきりとした鐘の音が聞こえてもいいはずなのに。いったい、どういう仕組みになっているのだろう。

しかし、そう考えたこともすぐに忘れ、光彦は他のみんなと一緒に無言であの場所に向かった。

忌まわしき場所。このあいだも訪れた場所。宣告と鎮魂の場所。

前にここに来た時のことが頭を過ぎる。

木立の中に立っていた影——手にしていた鎌——そして、誰の親のものでもなかった、見知らぬ番号。

どことなく困惑した顔で、四人はそこに辿り着き、つかのま呆然とその場に立ち尽くしていた。

互いに探るような目つき。

分かってはいても、足が前に出ない。

が、前回同様、幸正が小さく溜息をつき、「やっぱり僕かな」と呟くと、スッと前に出た。

ホッとする気持ちと、後ろめたいような気持ちが交錯する。

幸正は勇気がある。それに引き換え、自分は——

前に出なかった三人で、うじうじとそんな気持ちを共有しているのを感じる。

幸正はこのあいだと同じようにサッとお地蔵さんの後ろを覗き込んだ。

静止。

やがて、顔を上げると、無表情に呟いた。

「415」

光彦は、ぷちんと何かが弾ける音を聞いたような気がした。

415。

今、幸正はそう言った。415。なんとなく「よいこ」という語呂合わせで覚えていた、光彦の母の患者番号。

光彦はいい子ねえ。

そう言って微笑む母の顔が、不意に鮮明に蘇った。もう何年も見ていなかったし、このごろではあまり思い出すこともなかった顔。

光彦はいい子ねえ。

母の口癖だった。

不思議と涙は出なかったし、哀しみも覚えなかった。ただ、音が聞こえた。

ぷちん。

何かが断ち切られた音、何かが手の届かないひどく遠いところに行ってしまったのだという確信の音。

とっくにあきらめていると思っていた。もう帰ってこないのだと知っているはずだった。

けれど――けれど、こんなに大きな喪失感が襲ってくるなんて。

「――おい、大丈夫か」

卓也の声が上から降ってきたので、光彦は自分がいつのまにかその場にしゃがみこんでしまっていることに気付く。

変だ。足に力が入らない。

「おまえの？」

幸正が光彦の顔を見ている。

こっくりと頷くと、光彦はなんとかよろよろと起き上がり、幸正のところに歩いていくと、自分の目で番号を確かめた。

黒い壁の中に浮かんでいる、赤いデジタル数字。

４１５。

光彦はそっとその赤い数字を指でなぞった。

番号だけになってしまったお母さん。そして、この番号が付いていた身体も、じきにこの世から消えてなくなってしまうのだ——

いつのまにか、卓也と耕介もそばに来ていて、卓也が肩を抱えていてくれた。

虚無感。

自分が当事者だということが、なかなか実感できなかった。どう反応すればいいのかも分からない。泣き叫ぶ、という感じでもないし、嘆き哀しむ、というのも違う。

一緒にいる三人が深く同情してくれているのも分かる。いや、同情というよりも、共感かもしれない。光彦に対する共感は、すなわち自分に対する共感なのだ。いわば、自分の未来を先取りした、未来の自分に対する同情であり共感なのだろう。

そんなことをどこかで冷静に判断している自分が不思議だった。

運命共同体。

光彦の頭には、そんな言葉が浮かんでいた。

ここまで深く共感できる人間は、この先そうそう出会うことはないだろうという気がした。

だが、そう確信するいっぽうで、彼は小さな違和感を覚えていた。

こうして寄り添い、深い喪失感を共有しているはずの四人。

素直に悲しみを共有しているはずの四人のどこかに、強張った冷たい塊がある。

なんだろう、この冷たい違和感は。

光彦は、その違和感の塊がどこにあるのかを探していた。

誰が持っているのだ？　この塊を。

うまく言えないのだが、悲しみを拒絶している。悲しみを遮断している。悲しみに浸ることに抵抗している。そんな気がした。

同じ色のペンキで塗りつぶそうとしている壁に、一ヵ所だけ不自然な突起があって、そこだけ刷毛《はけ》が引っかかってしまい、きちんとペンキが塗れない。そんなイメージが頭に浮かんだ。

どのくらいそうしていただろうか。

光彦は、大きく溜息をついた。

みんながハッとして、身体を離す。

夢から覚めたような心地がして、おどおどと互いの顔を見る。

もう、黒い壁の小さな窓から赤い数字は消えていた。

「なんていうか――結構、間抜けだよね」

光彦は苦笑いした。

「自分の親の数字見たら、どうなるんだろう、どう感じるんだろうってずっと考えてたんだけど、別に何か手続きするわけでもないし、葬式するわけでもない。意外に間が持てないもんだなあ」

そんなあっけらかんとした台詞が自分の口から出ているのが不思議だった。

実際、これまでいつ来るかいつ来るかと緊張していたことが嘘のようだった。そんな重力から解放されて、身体が軽く感じられた。

最初に襲ってきた強い喪失感は、もう身体じゅうの隅々までしみわたっていて、光彦の一部になってしまっている。これからずっとこれを抱えて生きていくのだろうが、既にそのことにも慣れ始めているようだった。

僕って、こんなにドライな、冷たい奴だったのか。

自分の反応が意外でもあり、後ろめたくもあり——そして、正直に言うと、ちょっと誇らしくも感じていた。

「——そうなんだよね」

幸正が呟いた。

「ここに来るのってさ、はっきりいって僕たちのためじゃないじゃん？」

幸正は肩をすくめた。

「だって、僕たち、ほとんど放置プレイだよね。このキャンプを考えた奴は、全然僕らのことなんか考えてない。これって、ずばり、死んでいく患者のためのものなんだ。だから、僕たちには何も知らされないし、こうして患者番号がビンゴでも、景品が出るわけでも、誰かが誉めてくれるわけでもない。いつだ、まだか、と気を揉んでるだけで、虚《むな》しいっちゃ虚しいんだよな」

おっと、幸正のほうがやはりずっとドライだな。

光彦は、内心苦笑しつつも、そんな幸正のドライなところに救われたような心地がした。

死んでいく患者のためのもの――

「戻るか」

耕介が呟いた。

「うん。みんな、先に戻っていいよ。僕、一応もうちょっとここにいて、お地蔵さん拝んでくわ」

光彦はそう言って、みんなに戻るよう手を振って促《うなが》した。

「ん」

「そうだな」

「じゃ、先行ってる」

三人は口々にそう言うと、ゆっくりと引き揚げていった。

一人になって、光彦はもう一度大きく深呼吸をした。

改めて、黒い壁を見つめる。

そこには、ぽつんと佇む少年の姿が映っていた。

光彦は、自分がひどく疲れていることに気付いた。

緊張しているのも、哀しむのも、喪失感を覚えるのも、結構エネルギーを必要とするものなんだな。

そんなことを考える。

お母さん、さよなら。

そう、口の中で呟いてみる。

この先、お母さんのことを思い出す時は、この黒い壁に映った間抜けな自分の姿を思い浮かべるんだろうか。

黒い壁に映った自分は、いかにも覇気がなく、ぼんやりしているように見えた。

あんまり、いかしているイメージじゃないな。

なんとなく、背筋を伸ばして「気をつけ」のポーズを取ってみる。

が、馬鹿馬鹿しくなって、すぐにやめた。

お地蔵さんの前にしゃがんで、手を合わせる。

もう、とっくに壁の向こう側には誰もいなくなっているだろう。

がらんとした廊下を想像しながら、すりへったお地蔵さんの顔を撫でてみる。

お母さんを、よろしく頼みます。

どうせ別の場所に行ってしまっているし、もう一度この場所に来る可能性は限りなく低い。それでも、光彦は頭を下げずにはいられなかった。

景品が出るわけでも、誰かが誉めてくれるわけでもない。

幸正が言ったとおりだ。

その瞬間を見たわけでもないし、この先も見せてもらえない。ならば、自分で区切りをつけるしかない。

しばらく自分の中で気持ちを整理していたが、やがてその堂々巡りにも飽きて、光彦は立ち上がった。思ったよりも長いことしゃがみこんでいたのか、足が痺《しび》れ、かすかに眩暈《めまい》がする。

相変わらず空はどんよりしていたし、熱風とも、ひんやりしているとも言いがたい気持ちの悪い風が吹いていた。

なんともパッとしないなあ。

そう溜息をつきながら、ぶらぶらと自分の部屋のほうに戻り始めたその時。

ふと、光彦は、何かの気配を感じた。

反射的に後ろを見る。

そこには、あの、かすかに傾斜した水路があった。

いつものように、静かに水が流れている。

なんだろう？

光彦は足を止め、周囲の様子を窺った。

ふと、花が流れてくるのを見た。

赤い花。

鮮やかな色の赤い花が、ぽつんと上流のほうから流れてきて、ゆっくりと目の前を通り過ぎていった。

もしかして、あれはお母さんの花かもしれない。そんな気がした。

今のは花の気配だったのかな。なんだか、水路を見ていると、花が流れてくる時は分かるように思えるのだ。

光彦は再び歩き出そうとして、水路に背を向けた。

――ちゃぷん。

水の音がした。
魚でも跳ねたのかな。構わず歩き出す。
——ちゃぷん、ちゃぷん、ごぼ、ごぼ、ごぼ。
泡立つような音。
なんだ？
もう一度、足を止め、後ろを振り向いた。
「え？」
光彦は、思わず声を上げていた。
水路の中に、何かいる。
ゆらり、と緑色の塊が動いていた。
と、水路のへりに、ぴちゃん、と何かが現れた。
緑色の手。
光彦は、自分が見ているものが信じられなかった。
指だ。緑色の五本の指が、水路のへりをつかみ、何かを探すようにまさぐっている。
少し離れたところでも、更に五本の指がへりをつかんだ。

ぐぐぐ、と十本の指に力が込められる。

上がってくる。光彦はそう直感した。

水の中にいる何かが、岸に上がってこようとしているのだ。

逃げなくては。

そう思っているのに、身体が動かない。

緑色の腕が伸びてきた。ぎくしゃくと動きながら、地面を探る。

そいつは、ワニが陸に上がろうとするように、水路から身を乗り出し、地面にのしかかるようにした。つかのま動きを止め、少し休んでから、ゆっくりと這い上がってきた。

緑の髪、緑の手。身体には、ピンク色の布をまとっている。海草のように広がった髪の毛が頭を覆っていて、顔は見えない。

そいつは苦労して、岸辺に這い上がった。ざばあっ、という音がして、岸に水飛沫が飛ぶ。

「みどりおとこ」？　なぜこんなところに？

混乱した頭で考えていると、そいつはゆっくりと顔を上げた。

赤と緑のまだら模様になった顔——血まみれの顔を。

光彦は声にならない悲鳴を上げた。

らんらんと輝く緑色の目が、ひたとこちらを見据えた。

やはり、「みどりおとこ」だ。

顔も髪の毛も緑色なのに、その顔は、血に覆われていた。水に混じって、濁った血がぽたぽたと地面に落ちている。

目がカッと見開かれ、「みどりおとこ」は、凄まじい笑みを浮かべた。

「ひっ」

思わず悲鳴を飲み込んだのは、歯が真っ赤に染まっていたからだった。

しかも、歯の隙間には、なにやら細かい肉片のようなものが挟まっていて、唇からも赤い糸に似たものがぶらさがっている。

「みどりおとこ」は、光彦を見て笑いながら、ゆっくりと立ち上がった。

身体にまとった布も、血に濡れていた。水なのか、血なのか分からないが、水路の中にいるうちにピンク色の布になってしまっていた。

ぐちゃぐちゃの髪の毛がからまった頭が、ぎくしゃくと左右に揺れていた。

光彦は動けない。

「光彦」

唐突に、そいつは喋った。

しわがれてかすれた、どこか調子っぱずれな声だ。

自分の名前を呼ばれたことに気付くまでしばらくかかった。

今、僕の名前を呼んだ？

「――光彦」

そいつは繰り返し、咳《せ》き込《こ》んだ。ごぼ、という音がして、喉の奥から何かが飛び出す。

地面に落ちた白いもの。

目が吸い寄せられて、焦点を結ぶ。

歯だ。白い、奥歯。血と肉片にまみれている。

こいつ、何をしてきたんだ？　誰かを食べたのか？　馬鹿な。そんなはずは。

頭ではそれを必死に否定しようとするのだが、目の前に落ちたそれは、どうみても人間の歯だった。

そいつは、一歩前に出た。

がくんと身体が揺れ、大きくかしいだが、なんとかまっすぐに立ち上がる。

ぽたぽたと、「みどりおとこ」の全身から、水と血の混じったものが地面に落ちる。

「光彦は、いい子、」

調子っぱずれの声が言う。

「光彦は、いい子――ねえ？」

全身に鳥肌が立った。

「みどりおとこ」は、そう言って、首をかしげ、奇妙な笑みを浮かべた。

「光彦は、いい子ねえ？」

繰り返される声。

「みどりおとこ」は、がくんがくんと頷いた。

光彦は、自分がパニックに陥っているのを感じた。

馬鹿な。どうしてこいつが、お母さんの口癖を知ってるんだ？　なぜこいつがそれを？

「みどりおとこ」が、また一歩前に出る。

僕の心を読んだのか？

「みどりおとこ」が、手を伸ばした。

ぴちゃん、と水と血が混じったものが飛んできて、光彦の足元に落ちる。

その瞬間、悟った。

こいつは、僕に近寄ろうとしている。こいつは、僕を手に入れようとしている。

こいつは僕を、食べようとしている。

「てる、ひこ」

「みどりおとこ」の目が、更に大きく見開かれて、こちらに迫ってこようとした瞬間。

突然、足が動いた。

光彦は、何も考えなかった。くるりと背を向け、真っ白な頭のまま、そこから一目散に駆け出した。

後ろで自分の名前を呼ぶ気配を感じていたが、光彦はひたすらに駆けた。

脳内では、「みどりおとこ」が凄い勢いで追いかけてくるところが浮かんでいた。

今にも追いつかれ、しがみつかれるところが何度も何度も目に浮かんだ。

いったい、どこをどのように駆けてきたのかは記憶にない。

気が付くと、光彦は門のところにもたれて、汗だくで荒い呼吸をしていた。
自分が一人きりであり、誰も追ってきていないことに気付いたのは、更にそれから
しばらくして、ようやく普通に呼吸ができるようになってからだった。

第八章　動揺の理由

「なんですって？　『夏の人』が光彦のお母さんの口癖を？」

いつものように、ほとんど一方的に光彦がここ二日間の出来事を早口に訴えるのに耳を傾けていた蘇芳が明らかに動揺したのは、「みどりおとこ」が水路から上がってきた時に呟いた内容について話した時だった。

光彦には、そのことが意外に感じられた。

「みどりおとこ」が水路から上がってきたという話には相当インパクトがあるはずだ。当然そこで驚くかと思ったのに、彼女はそこではあまり反応しなかったからである。

それでなくとも、光彦はほぼパニックに陥っていた。

結局、彼はあの出来事を、卓也にも誰にも話すことができなかった。本当にあったことなのに、説明しようとするとあまりにも信じがたい話だ。みんなに奇異な目で見られるのではないかと思うと、どうしても言い出せなかったのだ。

しかし、黙っているにはあまりにも強烈な体験だった。

あのあと自分の部屋に帰ったものの、今にも「みどりおとこ」がまた現れるのではないか、また水から上がってくるのではないかと恐ろしくてたまらず、ろくに眠れなかった。

ぴしゃんという水の音を聞くと過敏に反応してしまうし、いったいどこに潜んでいるのかと思うと、外を歩くのも恐ろしかった。


しかも、昨夜は三回鐘が鳴った。


深夜だった。

日付が変わったばかりの頃、唐突に鳴ったのだ。

部屋でうとうとしていた光彦は、最初夢かと思った。

が、「光彦、起きてるか？」という卓也の呼び声でハッとした。

鐘——鳴った。やっぱり鳴ったのだ。

寝ぼけまなこで飛び出し、あの場所に集まってみたら、もう耕介がうずくまって声を殺して泣いていた。

慰める言葉もなく、みんなでしばらくそこにいた。

大柄な耕介がうずくまって泣いているところは、なぜか不思議な感じがした。

そうか。これが正しい態度なのだ。

光彦はぼんやりとそんなことを考えた。

家族を亡くしたのだ。悲しいことなのだ。号泣したり、泣き叫んだりするほうが普通だろう。

ふと見ると、卓也が貰い泣きしているのに気付いたが、それでも光彦は涙が湧いてこないのを他人事のように感じていた。

どうして涙が出てこないんだろう。やっぱり僕って冷たいんだろうか？

いや、心の底では分かっていたのだ――今の自分は、悲しみが恐怖に塗り替えられてしまっていて、悲しむことができないのだと。水路から上がってきた「みどりおとこ」に遭遇した瞬間から、母の死は得体の知れない恐ろしいものに置き換えられてしまった。あの瞬間から、自分は恐怖に囚われているのだ。

耕介をみんなで言葉少なに慰め、それぞれがどんよりした心地で自分の部屋に引き揚げたのは、二時近かったのではないだろうか。

それから夜明けまでの時間は、まさに悪夢としかいいようがなかった。

お地蔵さんのところに行ったあとで、水路からあいつが上がってきた。

あの時の出来事だけが何度も頭の中で巻き戻される。またお地蔵さんのところに行ったのだから、再びあいつがやってくるのではないかという恐怖に苛《さいな》まれ続けたのだ。

眠るにも眠れず、簡単なバリケードを築いただけの部屋の中で、光彦は壁に背中をつけて丸まって過ごした。

ベッドに横たわっていると、この上なく無防備な感じがして、たまらない。今にも上からあいつが覆いかぶさってくるように思えてならない。せめて背中を壁につけて座っていると、少しだけ安心できた。この体勢ならいつでも逃げ出せる、とひたすら自分に言い聞かせる。

一分一秒が恐ろしかった。いつ果てるともない恐怖の時間。

それでも、いつしか恐怖し続けることに疲れてうとうとする。すると、すかさずあいつがやってくる夢を見る。

窓から侵入するあいつの姿を繰り返し夢に見て、「ひっ」と悲鳴を上げて目覚めることを繰り返しているうちに、果たしてこれは夢なのか現実なのか、今はいったいいつなのかわからなくなっていく。

ゆうべの鐘は？　耕介がうずくまって泣いていたのは夢だったのか？

それでは、お母さんが死んだのは？　あれも夢か？

ぐるぐると頭の中でさまざまなイメージが渦巻き、意識が朦朧《もうろう》として揺れ動いているあいだに、いつしか明るくなっていた。

この上なく疲れ切っていたが、かといって横になる気もせず、のろのろと朝食に出かけていく。

みんなも疲れた顔でどんよりしていて、無言の朝食だった。

耕介は目が赤かった。あのあとも泣き続けたのだろう。

おまえのところにはあいつが来なかったか？

光彦はその質問が喉元まで出かかっているのを何度も感じたが、結局口にすることはできなかった。

耕介の様子からは、彼が自分と同じ目に遭ったのかどうかは分からなかった。

彼は泣き疲れて放心状態らしく、質問しても返事があったかどうか怪しいものである。

その後も、言いようのない宙ぶらりんで、陰鬱な空気の中、光彦は何もする気がせずに部屋に引き揚げた。

長閑な午後だったが、相変わらず身体の中で何かが凝《こご》ったままだ。

ところが、運命は容赦なかった。

みんなが昼食をすませて部屋に引き揚げて一息ついた時、またしても鐘が三回鳴ったのである。

一回——二回——三回。

今度は、動揺はなかった。

また鳴った。鐘が三回鳴った。

どちらかが死んだ。

幸正か、卓也の親が。

のろのろと部屋を出ていく少年たち。

早足ではあったが、前の二回ほど急いではいなかった。

互いに顔も見ない。よそよそしい、そして前よりも慣れた雰囲気で、少年たちはお地蔵さんのところに集まった。

あきらめの境地。

覗き込む卓也と幸正。

ふう、と天を仰いで卓也が溜息をついた。

てっきり、卓也の親ではないという安堵の溜息かと思ったら、「うちだ」と小さく呟いたので、諦観の溜息だと気付いた。

夜に昼と立て続けだったので、どこかに一連の流れのようなものができていたのかもしれない。

光彦は、ぎくしゃくとだが、卓也の肩を抱いて、弔意を示すことができた。

卓也のほうも、そのことをすんなりと受け入れる。乾いた儀礼的な雰囲気が漂い、昨夜に比べて悲嘆の度合いは少なかった。

が、光彦は再びあの気配を感じた——何かを拒絶する気配。何かが引っかかる気配。

誰だろう。

そっとみんなを盗み見るが、やはり誰が発しているものかは分からなかった。

慣れ始めているのか？

そんなことを考える。

三回鳴る鐘に。変えようのない現実に。

光彦は混乱したままだった。

半日であっというまに二人。

これで、残るは幸正だけになってしまった。

しばらく追悼の時間を過ごしたあと、引き揚げていく途中も半信半疑だった。

今にもまた鐘が鳴るのではないかという気がしてくる。

ひょっとしてもう鐘が鳴ったのでは？

はっきりと空耳で鐘を聞いたような気すらしてくるのだから、人間の感覚というのは不思議なものだ。

いつまで続くんだろう。

光彦は寝不足のぼんやりした頭で考えた。

これから先、いつまで？

前に幸正が話していなかったか？　立て続けに亡くなってしまい、最後の一人は針のむしろのようだったと。明日最後の鐘が鳴るかもしれないし、当分鳴らないかもしれないのだ。

まだ続く、この生活が。この不安が。この宙ぶらりんの気持ちが。

光彦は叫び出したくなった。ここから逃げ出したくなった。

逃げたい。帰りたい。ここから出たい。

胸が苦しくなり、動悸が激しくなる。

と、そこで光彦は蘇芳と約束した時間が近付いていることにおもむろに気付き、ようやく目が覚めたような心地になった。

蘇芳。蘇芳に話さなくては。

がばりとベッドの上に身を起こす。

聞いてもらわなければ、この異常な話を。

そう思い始めると、気ばかり急いて、光彦は約束の時間よりもずっと早くあの場所に行き、その場で行ったり来たり、うろうろと過ごした。

自分はおかしいのではないか。

ここにいることに、もう耐えられないのではないか。

そんな気がして、ますます動悸が激しくなってくる。

なんとか正気を保たなくては。

光彦にとっては、蘇芳が唯一の正気を保つためのよすがであり、この閉塞感と不安に溢れた場所での救いだったのだ。

蘇芳の気配が現れるまでの時間が、これほど長く感じられたのは初めてだった。

このまま永遠に彼女が現れなかったら、自分はどうにかなってしまうのではないかと思ったほどだ。

だが、いつもどおり、彼女は冷静なまま現れてくれた。

光彦は心底安堵し、堰を切ったようにこの二日間の出来事をぶちまけたのである。

蘇芳はいつものようにじっと光彦の話に耳を傾け、泰然と彼の話を受け止めてくれていた。時折、分かりにくかったらしいところでは静かに質問し、正確に状況を把握しようと努めてくれているのが分かる。

おかげで、光彦は徐々に理性を取り戻してきていた。この二日間の不安な気持ちが治まっていく。

ああ、やっぱり蘇芳は頼りになる。

波が引くように落ち着いてくると、今度はこれまでのパニックが恥ずかしく、馬鹿らしくなる。蘇芳と話す前と後はいつもこの繰り返しだと思うと、光彦は進歩のない自分が情けなくなった。

「そこ?」

光彦はようやく軽口を叩く余裕が出てきて、そう問いかけた。

「え?」

蘇芳の面喰らった声がする。

「そこで反応するわけ？　普通、あいつが水路から上がってきたところで反応しない？」

光彦が冗談めかしてそう言い直すと、蘇芳は理解したらしく「ああ」と呟くのが聞こえた。

「そう――あの人が出てきたところは驚かなかったわ。だって、もともと神出鬼没だし」

「だけど、いくらなんでも水路からっていうのは驚くでしょ」

「でも、実はあたし、見たの。この中には、幾つか秘密の出入り口があるってこと」

「え、そうなの？　見たの？」

「ええ。とあるアクシデントがあって、外に連絡したら、たまたま見られたの」

「どんなふうに？」

「意外なところよ。こんなところに、と思うようなところだった」

「水路？」

「それに近いところね」

「そっか。だから、驚かなかったんだ。じゃあ、どうして今のところで驚いたの？」

「それは」

蘇芳は言いよどんだ。

「なに？」

「それが意味するところに思い当たったから」

婉曲《えんきょく》な言い回しだった。

「どういうこと？」

思わず聞き返す。

が、蘇芳はためらったまま答えない。

ふと、閃いた。

「ねえ、ひょっとして、このあいだ言ってたことに関係ある？」

「あたし、何か言った？」

警戒するような声。

「うん。あたしたちがどうして親の死に際に会わせてもらえないのか、なんとなく分かってきたって言ってたじゃない」

「ああ——言ったわね」

蘇芳の声には後悔の響きがある。が、聞かずにはいられなかった。

「それって、ひょっとして——この林間学校に——夏流城の存在そのものに、関係しているの？」

光彦は自分の声がかすれているのに気付いた。

いつのまにか、じっとりと冷や汗を掻いている。

なんだろう。何に緊張しているんだろう。

緊張を振り払おうとするが、失敗した。土塀の向こうにいる蘇芳も緊張していることが伝わってきたからだ。

つまり、彼が言ったことは的を射ていたということなのだ。

どうしよう。聞かないほうがいいだろうか。これだけ蘇芳が躊躇しているということは、とんでもないことに違いないのだから。

理性ではそう考えていても、感情が先に出た。

「頼むよ。教えて。このままここにいたら、僕、きっと気が変になっちゃう。気味の悪いことばかり起きて、これ以上ここにいることに耐えられそうにないんだ。ここで起きていることにきちんと説明が付くんなら、どんな恐ろしいことでも我慢するから、蘇芳が何か知ってるんなら、教えてほしいんだ」

光彦はそう一息に言った。

落ち着いてきたはずの不安が、またぶり返す気配があった。もうあんな不安が続くことに耐えられない。

いったいいつここから出られるんだ？　いつまでここに閉じ込められてるんだ？

あいつと一緒に、いったいいつまで？

頭の中で、そうわめく自分がいた。

沈黙。

光彦は返事を待った。蘇芳の心が決まり、口を開く瞬間を待った。

やがて、小さな溜息が聞こえた。

「――あたし、まだお悔やみを言ってなかったわね」

淡々とした声。

「え？」

「お母さんのこと、残念だったわね。あたしから言われてもあんまり慰めにならないかもしれないけど、お悔やみ申し上げます」

頭を下げる気配がした。

そうか。現れた「みどりおとこ」のほうに話の重点を置いていたから、蘇芳にお悔やみを言う隙を与えていなかったのだ。

「いいや、そんなことないよ。ありがとう。ここにいる連中は、運命共同体だもの。

いちばん理解してもらえるよ」

「そうかもね」

同意する。

「いい？　これから話すことは、あくまでもあたしが考えた、個人的な意見よ」

蘇芳の声が強張っていた。彼女も緊張しているのだ。

「うん。分かってる」

「だけど、そう考えるとこれまで疑問に思っていたことが説明できるの。もちろん、説明できるからといって、これが本当かどうかは分からないわ。でも、前にうちの親が話していたこととも辻褄《つじつま》が合うのよ。お願い、これは光彦とあたしだけの秘密にしてね。きっと、死んでいく親たちも知られたくないだろうし」

「分かった。約束する」

光彦は大きく頷いた。

そして、蘇芳は説明を始めた。

いつものように、静かに、冷静に。

しかし、聞いている光彦のほうは、決してそういうわけにはいかなかったのだ。

第九章　最後の鐘が鳴る時

その日の晩。

光彦は昼間蘇芳から聞いた話が頭から離れず、ずっとそのことばかりに気を取られていたので、夕飯も上の空だった。

重苦しい雰囲気は相変わらずだったことは覚えている。

既に三人は引導を渡され、残るは幸正一人。

両者のあいだには目に見えない溝があって、誰も口にはしないものの、そのことを繕《つくろ》おうとする者もいなかった。

少なくとも、自分の鐘はもう鳴らない。それだけが、光彦にとってのかすかな慰めだった。

が、自分の部屋に引き揚げようとした時、卓也がそっと近付いてきて、光彦に耳打ちしたのだった。

「おい、ちょっといいか？」

その緊迫した声に、光彦は目を覚まさせられるような心地になった。

「どうかした？」

卓也は、誰に見つかるわけでもないのに、光彦を道の隅に連れていった。

「なんか、様子がヘンだ」

「なんの？」

つられて声を潜める。卓也は更に声を低めた。

「耕介さ」

「耕介？」

「夕飯の時から、なんかおかしいんだ——いや、違うな」

卓也は首を振った。

「昼間っからだ。俺の親が死んで、解散する辺りからヘンだった。おまえ、気付かなかったか？」

「いや」

「なんか、挙動不審なんだよな。そわそわして、落ち着きなくて——幸正のことを、噛み付きそうな目で見てた。これまではあんな目つきしなかった。まるで、幸正を憎んでるみたいなんだ」

気付かなかった。

光彦は、自分の親が死んだばかりなのに、そういう変化に気付く卓也に驚かされ、同時に恥ずかしくなった。

本当に、俺っていつもいっぱいいっぱいなんだな。

苦い思いをかみ締めつつ、聞き返す。

「どういうことだ？」

「分からない。だけど、ちょっと嫌な感じがしたんで、あいつを見張ろうと思うんだ——ほら、いろいろあったしな。一緒に頼めないか？」

「OK」

そう言われれば、引き受けないわけにはいかない。

耕介。

いったいどうしたというのだろう。まさかまだ親が生きている幸正を恨んで——とか。

いや、まさかそんなはずはない。数日の違いで、誰もが同じ境遇なのだから。

湿った風の匂いがした。

どうやら、天気は下り坂のようだ。生暖かい風が吹いている。

「おい、見ろよ」

耕介の部屋の近くで見張っていたが、すぐに彼が出てきた。

薄闇の中で、彼の大きな身体が、しなやかに動く。それは思いのほか冷徹で、昼に見る彼とは全く異なっていた。

まるで夜行性の野生動物だ。

光彦は首の後ろに冷たいものを感じた。

やっぱりあいつ、見てくれとは違う。

「どこに行くんだろ」

「しっ」

口をつぐみ、二人で後を尾ける。

耕介の髪が、夜風で逆立っているのが見えた。

「やっぱり、幸正の部屋に行くぜ」

卓也が呟いた。

見ると、耕介は幸正の部屋に近付き、そっと中を窺っている。

が、奇妙なことに、彼もまた、幸正を見張り始めたのだった。

「何してるんだろう」

傍から見たら、実に奇妙な状況だった。一人を見張る一人を二人で見張っている。

しかも、夜の闇の中、互いに知らせずに、ここに四人が固まってじっとしているのだ。

何がなんなのか、今目の前に起きていることがちっとも理解できなかった。

それは卓也も光彦も同じだったと思うのだが、耕介が動き出さない限り、二人もじっとしている他はなかった。

いったいどのくらい待っただろう。

次第に、時計の針は夜中に向かっていた。

風はいよいよ湿っぽくなり、辺りはむっとするような草いきれに覆われた。

息苦しく感じるのは、湿度のせいなのか、息を詰めて見張っているせいなのか分からなくなってくる。

闇の中、どこかを時折激しく風が吹きぬけていく。

まるで時間が伸び縮みしているようで、どのくらい経ったのか、だんだんあやふやになる。

と、耕介がピクリとするのが分かった。

それを見ていた二人もピクリと身体を震わせる。

幸正が部屋から出てきたのだった。

俯《うつむ》き加減に、幸正はのろのろと外を歩き出した。

どこに行くのだろう？

幽霊のようにふらふらと歩いていく幸正の後を、耕介が少し離れて追いかけていく。むろん、卓也と光彦もその後に続いた。

闇の底。四人の少年たちは間を置いて一列に進んでいた。

ごおっ、と耳元で風の音が響く。

幸正は食堂のほうに向かっているようだった。

こんな夜中に何をしに行くのだろう。

光彦と卓也は顔を見合わせるが、二人とも首をかしげるばかりである。

やはり、幸正は食堂に入っていった。

パッと明かりが点く。

すぐに耕介が追いつき、扉のそばに立つと、中をじっと窺っている。

食堂の明かりにかすかに照らし出された耕介の顔に、光彦はギョッとした。

異様に輝く目。その目は明らかに殺気に満ちていた。これまで全く見たことのない表情に背筋が冷たくなる。

「おい」

卓也が身を硬くするのが分かった。

光彦は、卓也の視線の先に気付き、同じく身体を強張らせた。

耕介の手に握られたものに気付いたからである。

鎌。

彼は、手に鎌を握っていた。

あの時、茂みの中で鎌を握って立っていた男――

耕介だったというのか？

耕介の目に力がこもった。横顔と鎌が、食堂から漏れる光に鈍く照らし出されているところは、恐ろしい眺めである。

と、耕介が動き出そうとした瞬間。

「やめろ！」

卓也と光彦は、慌てて飛び出すと耕介に飛びついた。

「おまえら」

耕介がぎょっとして振り返る。

卓也は腕を、光彦は足にしがみつく。それでも、大柄な耕介の身体を押さえるのは難しかった。

「離せ！」

耕介は、手足を振り回し、二人を振り切ろうとする。

「よせ、耕介」

卓也が叫んだ。二人して、離されまいと必死である。

「馬鹿っ、何を勘違いしてるんだ！」

耕介が叫んだ。

「止めろ！」

更にひときわ大声で叫び、食堂に目をやる。

「え？」

その剣幕に、卓也と光彦は思わず顔を見合わせてしまった。

「幸正を止めろっ！」

力を抜いたその瞬間を見逃さず、耕介が二人を振り払って食堂に飛び込んだのと、幸正が天井の梁《はり》に吊るした縄で作った輪に首を突っ込んでテーブルの上から飛び降りたのは、ほぼ同時だった。

耕介が鎌で縄を叩き切り、床に転げ落ちた幸正がのたうち回って咳き込むのを、光彦と卓也は青ざめた顔で見下ろしていた。

耕介はしばらく棒立ちになっていたが、やがて肩をコキコキと回すと、静かに声を掛ける。

「幸正、馬鹿なことをするのはやめろ」

幸正は、ようやく何が起きたのか分かったようで、のろのろと三人を見上げ、耕介の手に握られた鎌を見た。

「これはいったいどういうことだ」

卓也が耕介と幸正を交互に見る。

*

食堂の中。窓ガラスが風でガタガタと鳴っている。

四人のシルエットが壁に映って、まるで舞台の上のようだ。

「やるとしたら、今夜だと思った」

耕介が呟いた。

その顔には、安堵と疲労がくっきりと浮かんでいる。

「どうして」

今度は、幸正が呟いた。喉を押さえて耕介をまじまじと見上げる。

「――明日になったら、『みどりおとこ』が迎えに来てしまうからさ」

耕介は、吐き捨てるように答えた。

「ええ？」

そう叫んだのは、卓也と光彦が同時だった。

幸正の目が見開かれ、顔がみるみるうちに赤く染まっていく。それは、羞恥《しゅうち》にも怒りにも見えた。

「『みどりおとこ』が迎えに来る？　どうして？　だって、まだ幸正が」

光彦が呟くと、耕介は左右にゆっくりと首を振った。

「いいや。もうみんな、終わってる。もう鐘は鳴らない」

「なぜ？」

耕介はゆっくりとみんなを見回した。もっとも、幸正は床に目を落とし誰も見ようとはしない。

「最初の番号。覚えてるか」

「ああ。該当者がいなかったやつだろ」

耕介はのろのろと首を左右に振った。

「あれは、やっぱり幸正の親の番号だったんだ」

「え？」

今度はきょとんとしてしまった。

光彦と卓也は戸惑った顔を見合わせる。

耕介は窓のほうに目をやった。

「——おまえの気持ちは分からなくもない。いや、自分が親を亡くしてみて分かったような気がした」

独り言のように呟く。

「なんの実感もない。ただ、数字があるだけ。死に目にも会えない。葬式もない。やりきれないし、納得できない」

耕介は光彦と卓也を見た。

「幸正は、親の死を受け入れたくなかった。そのことに耐える自信がなかった。そうだろ？」

耕介は口調を和らげ、最後の部分は幸正に向かって投げかけた。

「宙ぶらりん。まさに放置プレイだな」

小さく苦笑し、ぐるりとみんなを見る。

「加えて、彼には自殺願望があった――前の時も、そうだったんだってな？」

幸正がびくりとした。

自殺願望？

光彦は、その言葉と、目の前の気の強い少年とが結びつかないことに困惑した。

が、耕介は真顔だった。

「前の林間学校の時も、帰ってから死のうとした――幸い、未遂で済んだし、そのあとは元気になったように見えた。だけど――いや、だからこそ、今回も、気をつけていてくれと先生に頼まれてたんだ。もしかするとここにいるあいだに自殺しようとするかもしれないからって」

天井にぶらさがった、縄の切れ端に、誰からともなく目をやった。

「──そうだったのか」

幸正が、聞こえないくらいの小さい声で呟いた。

「道理で、何かと僕の世話を焼きたがったのか」

「自分に鎌を仕掛けたのも、彫像を倒したのも、あわよくば死にたいと思ってたからだな？　自分で自分を狙ったんだな？」

鎌も──彫像も？

「軍手や緑のゴム手袋をして、スニーカーの上にゴム長靴を履いて、な」

耕介は静かに続ける。

「どっちでもよかったんだ。鎌が刺さったって、彫像の下敷きになったって」

幸正は、ぼそりと呟いた。

「幸正は、揺れてた」

耕介は幸正の声にかぶせるように言った。

「最初、自分の親の番号を否定した時は、生きたいんだ、と思った。親の死を認めたくないというのは、自分も生きたいからだと」

あの、拒絶の気配。

違和感の正体は、幸正だったのか。

光彦はそう思い当たった。

「――だが、立て続けに来てしまった」

耕介は疲れた顔で光彦を見た。

「少なくとも、全員の鐘が鳴るまでは大丈夫だろうと思ったんだ。幸正の親はまだ死んでいないことになっているんだから、彼は生き続けるだろうと」

耕介は自分の手を見下ろした。まだ鎌は握ったままだ。

「だけど、もう三人とも鳴ってしまった。あと、残るは幸正の分だけということになっている。だが、もう鐘は鳴らない。全員終わった。とすると、鐘の鳴り終わった翌日、『みどりおとこ』が迎えに来る。もし奴が迎えに来たら、幸正が嘘をついていたことがバレてしまう。彼の親が死んだことも分かってしまう。それはすなわち、親が死んだことを認めなければならない時だ。そのことに幸正は耐えられるだろうか」

耕介は、自問してから小さく左右に首を振った。

「いや、駄目だ。だとすると、今夜が危ない。そう気付いたんだ」

「だから、俺の番のあとからあんな怖い目つきになったのか」

卓也がそう呟くと、耕介は頭を掻いた。

「バレバレだな。でも、今となってはよかったよ——おまえらが気付いてくれて。俺一人だけじゃ、ダメだったかもしれない」

耕介が縄を切る前に、卓也と光彦が落ちる幸正の身体をかろうじて受け止めたのだ。


「——馬鹿だな」

そう呟いたのは、幸正だった。

「誰が？」

耕介が聞き返す。

「おまえらだよ」

その口調は、いつものシニカルな幸正に戻っている。

「死にたい奴なんか、ほっときゃいいんだ。しょせんは弱い個体なんだから。自然淘汰されるのが本来の姿だよ」

「そうかもしれない」

耕介は肩をすくめる。

「だけど、少なくとも俺たちの目の前ではやめといてほしいな。先生だって、周りの大人たちだって、すごく気にかけてるんだからさ」

「——のようだね」

幸正は長い溜息をついた。

耕介は、少しだけ笑顔になった。

「それに、おまえ、やっぱり生きたがってた。みんなをつけまわして、卓也を池に突き落としたり、いろいろ仕掛けたり、うろうろして、ちょっかいだして、俺たちに生きたいってサイン出してたじゃないか」

サイン。

「なあ」

光彦が思いついて幸正に尋ねた。

「ひょっとして、おまえ、門のところに行った？」

もろもろの出来事が幸正の仕業だとすれば、あの門のところの足跡も「みどりおとこ」ではなく——

「ふん」

幸正は床に手をついて、鼻を鳴らした。

「おまえがこそこそ、時々どっか行くのには気付いてたよ。何か仕掛けたのかと思って、門を押したり引いたりしたけど、なんともなかった」

やっぱりそうだったのか。

光彦は愕然とした。全く尾けられているのに気付かなかったのだ。

まさか、ひょっとして、蘇芳と話していたことも――

全身に冷や汗が噴き出してくる。恐る恐る幸正の表情を窺うが、彼は無表情のままだった。

みんながじっと幸正に注目する。

「――馬鹿だ」

突然、幸正がそう叫び、ごろりと床に転がると両手で顔を覆った。

ハッとしてみんなが身体を動かそうとしたが、結局、誰も動けなかった。

押し殺した声が、幸正の両手のあいだから漏れてくる。

「おまえらも、僕も――ほんとに、大馬鹿だ」

顔を覆った両手が静かに震え始めた。

みんなが黙り込み、目を背けた。

幸正は、顔を覆ったまま、声を殺して、泣いていた。

光彦は、その抑えきれない嗚咽が外で吹きすさぶ夜風に重なって、遠いところまで運ばれていくのが見えるような気がした。

終章　沈黙の城

ぎいっ、とオールを漕ぐ音がのどかに続いている。

四人の少年は、どこか虚脱した表情で、「夏の人」が漕ぐボートに揺られていた。来た時と同じところを進んでいるはずなのに、辺りの風景がすっかり違って見えるのが不思議だ。

『当時から噂はあったらしいのよ。あたしも、昔ちらっと両親が話しあっているのを聞いたことがある』

光彦の頭の中には、蘇芳の声が響いていた。

「夏の人」は何もなかったかのような顔で、いっしんにオールを漕いでいる。長身で、全身緑色で、おとぎ話から抜け出てきたような格好をした、とても奇妙な「夏の人」が。

『今はもうすっかり忘れられているけれど、緑色感冒のパンデミックは、それはそれは悲惨なものだったらしいわ。ひとつの共同体が根こそぎやられてしまって、数百人、数千人という自治体で、生き残った者はほんの少し。長いあいだ放置されてしまったため、物資が極端に不足した中での生き残りよ。そして、実は、世界各地でのサバイバーには、ある共通点があったの』

川を渡る風が頬を撫でる。

もう二度と、ここに来ることはあるまい。この悲しみの城、タブーを守り続ける沈黙の城に。

『それは——食料がなくなってしまったために、喫人《きつじん》行為をしたということ』

あの時、蘇芳の声は少し震えていた。

聞いている光彦も一緒におののいていたような気がする。

『ええ。はっきりいえば、死体の肉を食べたということよ。全く食べるものがなかったので、緑色感冒で死んだ人間の肉を、長期にわたって食べた。それで生き残ることができたらしいの。そして、緑色感冒で死んだ者の肉を食べると、みんな同じ、独特のああいう姿になるらしいの』

「夏の人」は、その姿を誇示するかのように、日の光を浴びてそこに立っていた。

たくましい腕が、軽々とオールを漕ぐ。

太陽に輝く緑色の肌。豊かな緑色の髪。

『そして、それはいつしか緑色感冒の患者どうしで引き継がれるようになっていった』

蘇芳の醒めた声が聞こえる。

あの時、蘇芳は何を考えていたのだろう。亡くした親のことだろうか。それとも、他のことだろうか。

『「夏の人」はそれぞれのコロニーに一人。だけど、常に変化している。それは、死期の近い患者と、「夏の人」とのあいだに引き継ぎがあるんだと思う』

引き継ぎだって？

光彦は思わず聞き返した。

それってどういうこと？　想像できないんだけど。

今だって想像できない。

光彦は川面で揺られながら、苦笑を浮かべた。

そんな突拍子もない話、どうやって想像しろというんだ？

『あたしだって、見たわけじゃないから分からないけど、それこそ王位継承みたいなもの？　コロニーに常に一人はいる「夏の人」は、入れ替わっているのよ。死に際の患者と、今の「夏の人」が対峙《たいじ》した時に、どちらが受け継ぐか自然と決まるんだと思う。受け継ぐほうが、弱いほうを食べる。バリバリと、全部ね。そして、食べたほうが次の代の「夏の人」になるんだわ』

　あの時、水路から上がってきたあいつの口から、肉片やら歯やらが零れ落ちていた。

　引き継いだばかりだったのだ。果たして、お母さんが引き継いだのか、奴が引き継いだのかは決して分からないけれども。

『それが連綿と続いてきたのよ——そして、引き継いだほうは、それまでの患者の記憶をも引き継ぐ。特に、引き継いだばかりの頃は、多少混乱があるんじゃないかしら。まだ新しい身体に、立場に、存在に、慣れないのかも』

　いい子ね。光彦はいい子ね。

　母の声と、調子っぱずれのあいつの声とが重なり合う。

　あれは、お母さんの記憶が引き継がれ、直近の記憶として取り込む最中の出来事だったのだろうか。

『死ぬところを見せられないわけよね。だって、遺体はないわけだから葬式も出せない。ましてや、患者が患者を食べて、あの姿になるところなんて、見せられると思う？　緑色感冒がタブーになるのも無理はないわ。だから、患者の死に際が見えないところに閉じ込められてしまったのかも』

「夏の人」の髪が、風に揺れてきらきらと光っている。

俺は今何を見ているんだろう。

逆光の中、影になった「夏の人」。

とても背が高く、まるでおとぎ話から抜け出てきたような――とても、現実のものとは思えないような――この世のものとは思えぬ存在。

この先、いったいあいつはどうなるの？

光彦は、あの時蘇芳にそう尋ねた自分の声を思い出す。

怯えたような、怪訝そうな、弱々しい声だった。

『さあ、分からないわ。世界で緑色感冒の患者は減り続けているから、もう数十年もすれば、どんどん「夏の人」は減っていく。最後は世界中のコロニーが統合されて、たった一人の「夏の人」になるのかも』

統合。

世界でただ一人の「みどりおとこ」。最後の「みどりおとこ」。

ということは、そいつは、それまでの緑色感冒の患者すべての記憶を一人で持ってるってことになるのかな？

これは、あの時の質問ではなく、今考えたことだ。

こいつの中に、膨大な数の患者の記憶が。

光彦は、まじまじと、空恐ろしいような心地で目の前の存在を見上げた。


お母さんも。


幸正の両親も、卓也や耕介の親も、蘇芳の両親も。

みんなみんな、こいつの中にいるのか——

そう考えると、目の前の存在が何か別のものに見えた。ここにあるのは時間の塊であり、人格の塊なのだ——

『ともあれ、研究者は、「夏の人」を今の状態のまま生かし続けるでしょうね。あらゆる生命の謎が詰め込まれた存在なんだから。きっとこの先も、「夏の人」は互いに喰らいあいながら、最後の一人になるまで生きていくんだわ』

最後の一人まで。

あいつは長生きする。最後の一人になったあとはどうなるんだろう。そのままずっと生き続けるのだろうか？　それとも、患者が患者を喰らうという新陳代謝がなくなったら、その時点でおしまいなんだろうか。

どうだろう、その時人間はいるのかな？　もしかしたら、人間よりも長生きしたりして。すべての人間がいなくなり、「みどりおとこ」だけが、患者だった人間の記憶を溜め込んだまま、一人地上に存在しているのかもしれない。

船着場が見えてきた。

ボートはするすると船着場に引き寄せられてゆき、こつん、と小さな音を立てて到着する。

左右にゆらゆらと大きく揺れ、「夏の人」はボートを岸に繋いだ。

「さよならよ」

「夏の人」が明るく叫んだ。

「夏のお城に、悲しみは流していったわね？　あんたたちは、夏流城の太陽よ。顔を上げて。まっすぐ前を向いて」

甲高い声が響く。

ふと、母屋に並べられていた四つのひまわりの花が目に浮かんだ。
あれを並べたのは、あいつだ。
なぜかそう思った。
あいつはあいつなりに――僕たちに、何かを託している。
そう素直に思えた。
「いいわね？　もうここのことはすっぱり忘れなさい。振り返るんじゃないわよ」
誰も返事をしない。
それでも、光彦は最後に一度だけ、「夏の人」を振り返らずにはいられなかった。
逆光の中、その人の顔は見えなかった。
再び、前を向いて、ボートを降りる。地面の感触がやけに固い。

「――いい子ねえ、光彦は」

耳の後ろでそんな声を聞いたような気がしたが、光彦はもう振り向かなかった。

本作品は、二〇一六年十二月、「ミステリーランド」のために書き下ろされたものを、二〇一八年九月、講談社タイガとして刊行しました。

|著者| 恩田 陸　1964年宮城県生まれ。第3回日本ファンタジーノベル大賞最終候補作となった『六番目の小夜子』で'92年にデビュー。2005年『夜のピクニック』で第26回吉川英治文学新人賞と第2回本屋大賞、'06年『ユージニア』で第59回日本推理作家協会賞長編および連作短編集部門、'07年『中庭の出来事』で第20回山本周五郎賞、'17年『蜜蜂と遠雷』で第156回直木賞と第14回本屋大賞をそれぞれ受賞。ミステリー、ホラー、SF、ファンタジーなど、あらゆるジャンルで活躍し、物語の圧倒的な魅力を読む者に与えてくれる。

七月《しちがつ》に流《なが》れる花《はな》／八月《はちがつ》は冷《つめ》たい城《しろ》

恩田《おんだ》 陸《りく》

2020年7月15日第1刷発行
2022年8月1日第4刷発行

発行者――鈴木章一
発行所――株式会社　講談社
東京都文京区音羽2-12-21　〒112-8001
電話　出版 (03) 5395-3510
　　　販売 (03) 5395-5817
　　　業務 (03) 5395-3615

Printed in Japan

講談社文庫
定価はカバーに
表示してあります

KODANSHA

デザイン―菊地信義
本文データ制作―講談社デジタル製作
印刷―――株式会社KPSプロダクツ
製本―――株式会社国宝社

ISBN978-4-06-519766-0

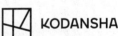

講談社文庫刊行の辞

二十一世紀の到来を目睫に望みながら、われわれはいま、人類史上かつて例を見ない巨大な転換期をむかえようとしている。

世界も、日本も、激動の予兆に対する期待とおののきを内に蔵して、未知の時代に歩み入ろうとしている。このときにあたり、創業の人野間清治の「ナショナル・エデュケイター」への志を現代に甦らせようと意図して、われわれはここに古今の文芸作品はいうまでもなく、ひろく人文・社会・自然の諸科学から東西の名著を網羅する、新しい綜合文庫の発刊を決意した。

激動の転換期はまた断絶の時代である。われわれは戦後二十五年間の出版文化のありかたへの深い反省をこめて、この断絶の時代にあえて人間的な持続を求めようとする。いたずらに浮薄な商業主義のあだ花を追い求めることなく、長期にわたって良書に生命をあたえようとつとめるところにしか、今後の出版文化の真の繁栄はあり得ないと信じるからである。

同時にわれわれはこの綜合文庫の刊行を通じて、人文・社会・自然の諸科学が、結局人間の学にほかならないことを立証しようと願っている。かつて知識とは、「汝自身を知る」ことにつきていた。現代社会の瑣末な情報の氾濫のなかから、力強い知識の源泉を掘り起し、技術文明のただなかに、生きた人間の姿を復活させること。それこそわれわれの切なる希求である。

われわれは権威に盲従せず、俗流に媚びることなく、渾然一体となって日本の「草の根」をかたちづくる若く新しい世代の人々に、心をこめてこの新しい綜合文庫をおくり届けたい。それは知識の泉であるとともに感受性のふるさとであり、もっとも有機的に組織され、社会に開かれた万人のための大学をめざしている。大方の支援と協力を衷心より切望してやまない。

一九七一年七月

野間省一

大沢在昌 語りつづけろ、届くまで
大沢在昌 罪深き海辺 ㊤㊦
大沢在昌 やぶへび
大沢在昌 海と月の迷路 ㊤㊦
大沢在昌 鏡の顔 〈傑作ハードボイルド小説集〉
大沢在昌 覆面作家
大沢在昌 ザ・ジョーカー 新装版
大沢在昌 亡命者 〈ザ・ジョーカー 新装版〉
大沢在昌／藤田宜永／堂場瞬一／井上夢人／今野敏／月村了衛／東山彰良 激動 東京五輪1964
逢坂剛 十字路に立つ女
逢坂剛 奔流恐るるにたらず 〈重蔵始末(八)完結篇〉
逢坂剛 新装版 カディスの赤い星 ㊤㊦
オノ・ヨーコ 飯村隆彦編 ただの私《あたし》
オノ・ヨーコ 南風椎訳 グレープフルーツ・ジュース
折原一 倒錯の帰結
折原一 倒錯のロンド 〈完成版〉
小川洋子 ブラフマンの埋葬
小川洋子 最果てアーケード
小川洋子 琥珀のまたたき
小川洋子 密やかな結晶 〈新装版〉
乙川優三郎 霧の橋
乙川優三郎 喜知次
乙川優三郎 蔓の端々
乙川優三郎 夜の小紋
恩田陸 三月は深き紅の淵を
恩田陸 麦の海に沈む果実
恩田陸 黒と茶の幻想 ㊤㊦
恩田陸 黄昏の百合の骨
恩田陸 『恐怖の報酬』日記 〈酩酊混乱紀行〉
恩田陸 きのうの世界 ㊤㊦
恩田陸 七月に流れる花／八月は冷たい城
奥田英朗 新装版 ウランバーナの森
奥田英朗 最悪
奥田英朗 マドンナ
奥田英朗 ガール
奥田英朗 サウスバウンド
奥田英朗 オリンピックの身代金 ㊤㊦
奥田英朗 ヴァラエティ
奥田英朗 邪魔 〈新装版〉 ㊤㊦
乙武洋匡 五体不満足 〈完全版〉
大崎善生 聖《さとし》の青春
大崎善生 将棋の子
小川恭一 江戸の旗本事典 〈歴史・時代小説ファン必携〉
奥泉光 プラトン学園
奥泉光 シューマンの指
奥泉光 ビビビ・ビ・バップ
折原みと 制服のころ、君に恋した。
折原みと 時《とき》の輝き
折原みと 幸福のパズル
大城立裕 小説 琉球処分 ㊤㊦
太田尚樹 満州裏史 〈甘粕正彦と岸信介が背負ったもの〉
太田尚樹 世紀の愚行 〈太平洋戦争・日米開戦前夜〉
大島真寿美 ふじこさん
大泉康雄 あさま山荘銃撃戦の深層 ㊤㊦
大山淳子 猫弁 〈天才百瀬とやっかいな依頼人たち〉
大山淳子 猫弁と透明人間
大山淳子 猫弁と指輪物語

講談社文庫 目録

角田光代　まどろむ夜のUFO
角田光代　恋するように旅をして
角田光代　人生ベストテン
角田光代　ロック母
角田光代　彼女のこんだて帖
角田光代　ひそやかな花園
川端裕人　せちやん〈星を聴く人〉
川端裕人　星と半月の海
片川優子　ジョナさん
神山裕右　カタコンベ
神山裕右　炎の放浪者
加賀まりこ　純情ババアになりました。
門田隆将　甲子園への遺言〈伝説の打撃コーチ高畠導宏の生涯〉
門田隆将　甲子園の奇跡〈斎藤佑樹と早実百年物語〉
門田隆将　神宮の奇跡
鏑木　蓮　東京ダモイ
鏑木　蓮　屈折光
鏑木　蓮　時限
鏑木　蓮　真友
鏑木　蓮　甘い罠
鏑木　蓮　京都西陣シェアハウス〈憎まれ天使・有村志穂〉
鏑木　蓮　炎罪
鏑木　蓮　疑薬
川上未映子　そら頭はでかいです、世界がすこんと入ります
川上未映子　わたくし率 イン 歯ー、または世界
川上未映子　ヘヴン
川上未映子　すべて真夜中の恋人たち
川上未映子　愛の夢とか
川上弘美　ハヅキさんのこと
川上弘美　晴れたり曇ったり
川上弘美　大きな鳥にさらわれないよう
海堂　尊　新装版 ブラックペアン1988
海堂　尊　ブレイズメス1990
海堂　尊　スリジエセンター1991
海堂　尊　死因不明社会2018
海堂　尊　極北クレイマー2008
海堂　尊　極北ラプソディ2009
海堂　尊　黄金地球儀2013
門井慶喜　パラドックス実践 雄弁学園の教師たち
門井慶喜　銀河鉄道の父
梶よう子　迷子石
梶よう子　ふくろう
梶よう子　ヨイ豊《とよ》
梶よう子　立身《りっしん》いたしたく候《そうろう》
梶よう子　北斎まんだら
川瀬七緒　よろずのことに気をつけよ
川瀬七緒　法医昆虫学捜査官
川瀬七緒　シンクロニシティ〈法医昆虫学捜査官〉
川瀬七緒　水底《みなそこ》の棘《とげ》〈法医昆虫学捜査官〉
川瀬七緒　メビウスの守護者〈法医昆虫学捜査官〉
川瀬七緒　潮騒のアニマ〈法医昆虫学捜査官〉
川瀬七緒　紅のアンデッド〈法医昆虫学捜査官〉
川瀬七緒　スワロウテイルの消失点〈法医昆虫学捜査官〉
川瀬七緒　フォークロアの鍵
風野真知雄　隠密 味見方同心(一)〈くじらの姿焼き騒動〉
風野真知雄　隠密 味見方同心(二)〈干し卵不思議味〉
風野真知雄　隠密 味見方同心(三)〈幸せの小福餅〉

2022年6月15日現在